ein Winterbuch

FRIEDENAUER PRESSE

Vizconde de Lascano Tegui

Von der Anmut im Schlafe

Intimes Tagebuch

Aus dem argentinischen Spanisch übersetzt
und herausgegeben von Walter Boehlich

Friedenauer Presse Berlin

Für die ›Pua‹

Ricardo Güiraldes, Roberto Levillier, Elsa, Alfonso de Laferrère, Pelele, Oliverio Girondo, Julienne, Raul Monsegur, Rafael Crespo, Alfredo Gonzalez Garaño, Alberto Girondo, Adan Diehl, Sara, Evar Méndez, Rafael Girondo, Yvette, Vicente Martinez Cuitiño, Maria Luisa, René Zapata Quesada, Perucho Palacios, Carlos López Buchardo, Raul Gonnet, Elena Cadorna.

Dieses Buch, das ich euch vor mehr als zehn Jahren vorgelesen habe, ist ein verblichenes und altes Buch. Nur sein Einband ist neu. Der Krieg mit seinem Elend ist darüber hinweggegangen und hat es entbunden wie die Männer meiner Generation. Diese Seiten, die mir eure Freundschaft eingetragen haben, besitzen eine große Bedeutung für mich, und heute, wo ich mich zu Ehren der Literatur unserer Zeit für immer von ihnen trenne, widme ich sie euch in tiefer Freundschaft.

Vizconde de Lascano Tegui

Paris, 1924

Es war das erste Mal, daß ich meine Hand einer Maniküre anvertraute, weil ich abends ins ›Moulin Rouge‹ gehen wollte. Die altgediente Pflegerin schnitt mir die Niednägel und feilte mir die Nägel. Dann gab sie ihnen ein lanzenförmiges Aussehen, und am Ende ihrer Arbeit rieb sie sie mit Politur ein. Meine Hände schienen nicht mehr mir zu gehören. Ich legte sie auf den Tisch, vor den Spiegel, und veränderte ihre Stellung und das Licht auf ihnen. Ich nahm mit diesem Mangel an Gewandtheit, mit dem man Dinge vor einem Photographen anfaßt, einen Federhalter und schrieb.

So habe ich dieses Buch angefangen.

Nachts war ich im ›Moulin Rouge‹ und hörte in meiner Nähe eine Dame hinsichtlich meiner Gliedmaßen auf Spanisch sagen:

– Er hat seine Hände gepflegt, als wolle er einen Mord begehen.

19. Mai 18 . .

Ich bin in Bougival geboren. Die Seine fließt schnell im Rücken der Ortschaft. Sie flieht Paris. Ihre grünschwarzen Wässer schleifen den Dreck der glücklichen Stadt mit sich. Wenn der Fluß meinen Ort durchströmt, bewegt er das Rad der Mühlen, an denen sich die Körper der verschämten Ertrunkenen verbergen. Sie haben ihre Reise mit einem heftigen Ruck beendet. Sie können sich nicht durch die tiefliegenden Gitter zwängen und strecken bisweilen einen verräterischen Arm in die Luft, als riefen sie um Hilfe. So habe ich, als ich ein Kind war, viele von diesen Unbekannten herausgefischt. Einer der Briefträger war im Ort dafür berühmt, daß er immer die Todesanzeigen austrug. Ich war bekannt dafür, die größte Zahl von Leichen entdeckt zu haben. Das gab mir ein gewisses Ansehen unter meinen Gefährten, und ich rühmte mich selbst dieser Ehre. Die Kinder meines Alters schüchterte ich ein, indem ich ihnen den Tag eröffnete, an dem sie ertrinken würden. Die Kinder genossen es, sich schon im Abfluß der Mühlen vorzustellen. Meine Überlegenheit widerstand jeder Überprüfung, denn ich hatte die Suggestion der Tragödie in der alltäglichen Umwelt angesiedelt, in der die Logik sie unterbringen würde, wogegen das Werk des Aischylos durch Anpassung des menschlichen Geistes sich ausnimmt wie eine kümmerliche Schülererfindung.

Da auf mich die Würde eines so seltsamen Amtes fiel, war ich der erste, der in der Aufgabe aufging, die es mir übertragen hatte. Wenn ich zum Fischen ging, was häufig vorkam, warf ich meine Angelschnur in der Nähe der Mühle aus. Ich schaute nicht auf den Korken, den die Strömung heftig schüttelte, sondern erwartete zwischen den Gittern die Hand eines Toten auftauchen zu sehen. Wenn ich spazierenging, nahm ich den Weg an der Mühle vorbei, und wenn das Mahlwerk gereinigt wurde, war ich der erste, der hinunterstieg, um zwischen dem Unrat Gegenstände aller Art zu suchen, die die Wässer mit sich schleifen und die sie müde scheinen auf dem Rücken zu tragen, da sie sie in Winkeln unter den Brücken und in den Ufersümpfen zurücklassen.

Die Mühle war alt. Aus der Zeit Ludwigs XIV., des ›Hohenpriesters der klassischen Perücke‹, wie Thackerey ihn genannt hat, der, wenn er sich nach Marly begab, nie versäumte, aus seiner Kutsche zu steigen und der Müllerin zuzulächeln.

Die Frauen, die dieser Beschäftigung nachgingen, waren zu jener Zeit die schönsten und gefälligsten im Ort.

Während der Revolution bat der Herr von Bougival den Müller um Asyl. Die Müller besaßen den Schlüssel zu den Vorratskammern der Adligen und waren ihre eifersüchtigen Zöllner. Der Müller raubte für sich und auf Rechnung des Herren und mit dessen Einverständnis. Aber der Müller der ›Roten Schleuse‹, kaum daß der tragende Balken des Hauses seines Herren die letzten Funken des Scheiterhaufens aufstieben ließ, in den die aus Versailles zurückkehrenden Sansculotten an einem grauen Oktoberabend, den Rivarol meisterhaft beschrieben hat, sein Palais verwandelt hatten, ließ den Herrn von Bougival unter dem Vorwand, ihn zu verstekken, in den Keller hinabsteigen und übertrug seiner Frau die Aufgabe, die Schleusen zu öffnen. Der Herr von Bougival gab keinen Ton von sich. Die Wässer ertränkten ihn, erwürgten ihn zwischen den eisernen Gittern, und dort versank er im Laufe von Monaten nach und nach, Stück um Stück. Damals warf niemand bei der Mühle seine Angel aus. Der Herr von Bougival bewegte seine Hand vergebens.

16. Juni 18 . .

Als meine Mutter starb, betrachtete mein Vater, der sich gerade den Backenbart färbte, mich von Kopf bis Fuß, und da er fand, daß meine Haare dieser Gelegenheit nicht würdig genug waren, färbte er sie mir schwarz. Und dann die Augenbrauen, ursprünglich in der Farbe von Mohrrüben. Die dunkle Kleidung verlieh mir das Aussehen eines allzu dramatischen Abkömmlings. Auf einer Zeichnung Daumiers habe ich so einen Abkömmling gesehen, der mir ähnelte. Ich bekam Angst vor mir selber und begann von diesem Tage an, mein Gesicht zu vergessen und es allmählich zu verändern. Die Bücher trugen erheblich zu dieser Umgestaltung bei. Ich kleidete mich wie eine der Figuren des Romans, den ich las, und wechselte das Vorbild. Ohne mir klar darüber zu sein, wünschte ich einen bestimmten äußeren Eindruck zu vermeiden, an dem man mich mit Sicherheit erkannt hätte. Es war ein hinterlistiger Haß auf die Daguerreotypie, die die Familien meines Ortes in Verzückung versetzte und auf die die Platte aus schimmerndem Kupfer dieselbe Anziehung ausübte, die die vierzigjährigen Bürger für das goldene Chronometer empfinden.

Diese unaufhörliche äußere Entwicklung mußte den Grund meines Wesens erschüttern und meinem Geist, der immer unbeständig und befangen war, eine Manier aufprägen, ihn schütteln wie runde Schellen.

19. Juli 18 . .

Ich habe wieder die beiden weißen Ziegen gesehen. Eine von ihnen hat mich angeblickt. Sie hat Augen wie ein vornehmes Fräulein. Der Nachmittag war verschwiegen, und ich habe in mir ein Zicklein gespürt, das ihn verstand. Die Ziegen sind die Tiere, die mir am nächsten sind, und ich habe nicht anders können, als diesen Blick zu erwidern und mich der schönsten von ihnen anzunähern, deren rosa Euter eine Frauenbrust ist.

20. Juli 18 . .

Heute habe ich dem ›Fräulein‹ eine Handvoll Malvenblätter zugeworfen. Bevor sie sie aufgenommen hat, hat sie mich durchdringend angeblickt, als wolle sie das Motiv meiner Gabe ergründen. Wie ähnlich war diese Ziege den Frauen aus der Provinz, die in der Erwartung des Mannes leben, der vorbeikommen wird! Noch des geringsten der Männer, die vorbeikommen, denn sie betrachten sie mit den aufrichtigen Augen des Verlangens, wie in den Städten die Prostituierten betrachtet werden!

Dieser Blick hat mich noch verliebter gemacht. Niemals habe ich ein solches Verlangen gespürt, eine Tür aufzubrechen oder über eine Mauer zu springen.

25. Juli 18 . .

Ich bin hinter dem Mädchen hergegangen, das die beiden Zwillingsziegen zum Weiden ans Flußufer führt. Meine heißt Isolina. Unterwegs drehte sie sich um, überzeugt, daß ich ihr folgte. Sie bewegte wollüstig den Bauch und das Euter. Sie fraß nicht, weil sie mich anblickte. Sie näherte sich den Gänseblümchen, brach ihre Stiele und ließ sie liegen. Als ich mich entfernte, blieb sie melancholisch am Rande der Uferböschung stehen. Die Schwester näherte sich, und die Schwester, die sie bewundern muß, leckte ihr den Bauch und das Euter.

30. August 18 . .

Da ich keine Mutter mehr hatte, die mich mit Älteren hätte zusammenbringen können, kannte meine Jugend sehr wenige Leute, deren Rat ich hätte hören und deren Erfahrung ich hätte nutzen können. Die Erwachsenen verlieren die Fähigkeit, mit Kindern umzugehen. Sie können nicht mit ihnen reden und sie noch viel weniger verstehen. Die Kinder ertragen sie beeindruckt und empfinden dann Entsetzen vor ihnen. Sie leben allein, nur unter Kindern. Von Zeit zu Zeit erscheint ein Botschafter. Es ist fast immer ein Junggeselle, der die Seele einer Mutter besitzt. Ich habe meinen kennengelernt. Er ging in Bougival an Land, mit einem Malkasten auf der Schulter. Er malte seine Winkel, trank in allen seinen Hinterzimmern und entführte schließlich, um ein Andenken an die Örtlichkeit mitzunehmen, wie man ein Andenken an Venedig mitnimmt, die Tochter des Bürgermeisters. Es war dieser Fremde, der mich das Zittern und die Furcht kennen lehrte. Vor allem, sie zu verstehen. Er erschien mir nicht bei Nacht, verkleidet als Vogelscheuche. Nein. Eines Morgens traf er mich vor seinem Haus. Ich hatte die Hände in den Taschen, trug den Kopf hoch und pfiff:

›Ninon a des boucles d'or‹

Als er mich sah, blieb er stehen. Das Interesse, mit dem er mich betrachtete, war eine Auszeichnung für mich. Endlich ein Mensch, mit dem man reden konnte.

– Was ist mit dir los? sagte er zu mir.

– Hast du keine Hände?

– Keine Hände? sagte ich zu mir, wo ich sie doch in meinen Taschen wußte, und der Maler fuhr in einem merkwürdigen, mitfühlenden und willfährigen Ton fort:

– Vielleicht haben sie sie dir abgeschnitten?

Tief war mein Schauder.

Ich zitterte, ich schwitzte, ich erkaltete, durchdrungen von der Tatsache, mich ohne Hände zu sehen, abgehackt von einem Schlachter und schon an einen Haken gehängt wie zwei Innereien. Meiner selbst, meiner Erinnerung nicht sicher, nahm ich die Hände aus den Taschen und betrachtete sie.

Tatsächlich, noch hingen sie an meinen Armen, aber die Erregung war zu stark, als daß ich mich von dieser Wahrheit überzeugt hätte, und ich sah mir die Hände lange an.

Der Maler entfernte sich und ließ mich bestürzt zurück. Dieser Mann brachte mich dazu, mich, mich selbst, das Kind von vier Jahren, das Drama, die Wollust des Lebens, den Rausch unseres schnellen Geschicks kennenzulernen.

2. September 18 . .

Mein Nachbar, der Maler – er hieß Truchet – lehrte mich nicht nur den Schrecken kennen. Seine Worte, seine Fragen waren, wie seine Geschenke, beunruhigend für ein Kind. Niemals gab er mir einen Fünfer für Bonbons, wie die Männer ihn gewöhnlich den anderen Kindern geben. Nein; er gab mir kaputte Uhren, in ihrer Stille viel interessanter, als wenn sie gegangen wären. Ich fummelte ein paar Tage an ihnen, und wenn ich den Maler das nächste Mal sah, unterließ ich nicht, ihm zu sagen:

– Sehen Sie? Die Uhr, die Sie mir gegeben haben; ich habe sie aufgemacht und sie zum Gehen gebracht.

Eine Uhr zum Gehen zu bringen war für mich so etwas wie das geistliche Gericht der Inquisitoren. Was ich machte, war nichts als das bißchen, was in dem stehengebliebenen Werk noch in Ordnung war, herauszunehmen und die Uhrkapsel mit Öl zu füllen. Auf ihrem Grunde leuchteten unter dem Öl die Räder noch goldener. Die Unruhe war ein Feenring und die Rubine Sirenenaugen, stückweise und partienweise verkauft.

3. September 18 . .

Ein anderes Geschenk, an das ich mich noch erinnere, waren verschiedene Flaggen mit ihren Schäften. Durch sie lernte ich die Anfangsgründe der Geographie. Truchet gab mir eine gelbe Flagge mit einem schwarzen Adler in der Mitte und sagte mir, daß das die japanische Flagge sei. Weil sie gelb war . . .

Dann gab er mir eine andere, rote und sagte mir, daß das das Banner der Kaffern des rohen Fleisches sei. In einer Ecke befand sich auf weißem Grund ein blaues Georgskreuz. Und als ich darauf bestand, zu wissen, was dieses Teil bedeutete, antwortete er:

– Kümmer dich nicht um solche Kleinigkeiten. Das ist ein Fetzen, den die Tuchfabrikanten in Manchester dazugegeben haben.

Meine Geographie war eines Franzosen würdig. Daran war Herr Truchet schuld.

10. September 18 . .

Beim Betreten von Apotheken stelle ich mir vor, ins Mittelalter einzutreten. Der Apotheker ist das vollkommene Abbild der Weisen von damals. Die Gefäße sind in lateinischer Sprache beschriftet wie die Kapitel bei den Scholastikern. Das Mittelalter ist die Kindheit einer Waise. Die Welt hatte die griechische Vaterschaft verloren und begann auf eigene Rechnung zu leben. Das Mittelalter ist der erste sichere Schritt der Menschheit. Der Apotheker, der in den Dörfern den Arzt ersetzt, ist der unsichere Weise. Der Apotheker ist das Mittelalter, das auf den Arzt zugeht. Das Mittelalter bedeutet den Verlust von Merkurs Stab und damit der Schwingen der antiken Welt. Wohin sind sie gefallen? Wo sind sie zu finden? In den Apotheken.

Dieser Geruch, den die Arzneiläden verströmen, was ist er anderes als der Geruch der Wissenschaft im Mittelalter? Ist er nicht ein Geruch von Fett und von Latwerge? Riecht man nicht von Zeit zu Zeit die Ausdünstungen von Schwefel?

Faust steckt hinter den Fenstern. Bereitet er aggregative oder polychrestische Pillen des Mesue, mit denen die Soldaten Franz I. die Franzosenkrankheit heilten?

Wenn ich den Apotheker meines Heimatortes, der Blutegel verkauft wie im Mittelalter, um ein wenig Cyanid-Antimon bitte, öffnet der Apotheker erstaunt die Augen, wie sie ein Einfaltspinsel öffnen würde. Meine Rede ist eine Häresie. Der Stoff, den ich suche, ist der Höhepunkt eines gefährlichen Abenteuers der Chemie und dient doch trotzdem nur dazu, den Kopf einzureiben . . .

26. September 18 . .

Dieses Tagebuch, das ich bei sinkender Dämmerung mehr oder minder lustlos schreibe, ist nicht immer das Bild dessen, was mir geschieht, sondern die Beschwörung dessen, was sich ereignet hat, dessen Erinnerung meine Stirn streift.

Mit zwölf Jahren bekam ich Typhus. Ich glaube, daß ich ihn mir am Ufer der Seine holte, als ich nach Korken fischte. Ich hatte ein Lager von Pfropfen, die ich am Wochenende an einen Lumpensammler verkaufte. Die großen Korken erhöhten mein Glück. Hier ist eine Statistik. Auf je hundert Korken sechs große, vierzig für Wein und Champagner; der Rest für Medizinflaschen. Nachdem diese Pfropfen die Abwässerkanäle von Paris durchquert hatten und sechsundvierzig Kilometer die Seine entlanggeschwommen waren, hatten sie sich vor dem Sturz ins Meer gerettet.

An den Korken, die der Lumpensammler auskochte, bevor er sie verkaufte, muß ich mich mit Typhus angesteckt haben. Mein Nachfolger, ein Nachbarskind, erkrankte später ebenso.

Nach meinen phantastischen Reisen in den Delirien eines Fiebers, das 44 Grad erreichte, eine unerhörte Angelegenheit, die Ärzte und Neugierige von den Universitäten Paris, Dijon und Lille eintreffen ließ, nahm ich täglich 3 Kilo ab, verlor die Haare. Die Personen, die ich auf diesen Reisen rund um mich selbst kennenlernte, waren, ganz wie ich, kahl. Die Haare wuchsen mir in einer rötlichen Farbe nach, und ein Arzt, der mich als Demonstrationsobjekt benutzte, wollte beweisen, daß, da ich in Bougival wohnte, einer an Croissy grenzenden Gegend, in der die Mohrrübe intensiv angebaut wird, die Farbe meiner Haare in ihrer zweiten Natur ganz natürlich der Färbung der Umwelt entsprach. Mit einem Wort, daß meine rötlichen Haare ein örtliches Produkt des mich umgebenden Gemüseanbaus waren.

Es war dieser Arzt, der mich die Annehmlichkeit der Einreibungen kennen lehrte. Die Einreibungen, auf die ich mich beziehe, sind solche mit Ammoniak, Chinin, Schwefelkalk und vor allem solche mit Kaliumanhydrat, die mein Haar für einige Stunden grün färbten. Doktor Rochefort erprobte auf meinem Kopf andere chemische Reagentien, mit Folgen, die seinen Annahmen widersprachen. Ich weiß nicht, was er vorhatte.

Die Haareinreibungen waren das Entzücken meiner Jugend. Diese merkwürdigen Rezepte, die mir auf die behaarte Haut fielen, elektrisierten meinen Körper. Ich glaube nicht an das Opium, auch nicht an das Morphium; niemals hat der Schwefeläther allein irgendetwas bei mir bewirkt. Die Einreibungen mit Cyanid-Antimon waren es, die mir diesen heimlichen Kitzel am Nackenansatz verschafften, und es geschah bisweilen, daß ich wegen des Dranges, mich zu kratzen, Geschwüre bekam. Die Kampfervaseline verschaffte mir keine Erleichterung. Das Chloräthyl, dank seiner Temperatur von etwa 40 Grad unter Null, verhalf mir zu ein wenig Ruhe.

Die Einreibungen mit Ammoniak waren die einzigen, die ich mir später habe machen können, da ich sie mir ohne Schwierigkeiten verschaffen konnte. Statt, am Sonntag, in den Zirkus zu gehen, ging ich zum Friseur. Wenn mein Vater mir einen Franc schenkte, hatte ich genug für drei Einreibungen, aber da das Alkali immer einen fetten und dunklen Ton auf den Handtüchern hinterläßt, trocknete ich mir beim Verlassen des einen Friseurs auf dem Wege zum nächsten die Haare mit einer Tageszeitung. Die frische Druckerschwärze verschmutzte mein Haar von neuem, und so verriet mich weder das Handtuch, noch machte sich der Friseur Gedanken über meine Hygiene.

Ein einziges Mal gelang es mir, mir eine Einreibung mit Chininsulfat zu machen. Ich konnte mir in der Krankenhausapotheke, in die ich mit einer Nachbarin ging, die der Apotheker küßte, eine Dose mit einem Rest des Salzes aneignen. Zwölf Tage lang spürte ich nichts auf meinem Kopf. Ich legte mich nachts hin und wußte nicht, ob mein Kopf auf dem Kopfkissen lag oder in der Luft schwebte. Meine Kopfhaut hatte sich sozusagen betrunken.

4. Oktober 18 . .

Das Mittelalter. Immer noch? Ja, alles hatte zu dieser Zeit einen dunklen und eindringlichen Grund. Die Beobachtung war noch mit dem Glauben verflochten, und der Glaube ist nichts als die atavistische Angst, die instinktive Feigheit des Menschen. Wenn diese Angst Gott begriffen hatte, konnte sie zum Grunde von allem gelangen. Alles hatte im Mittelalter eine Ursache. Die Notwendigkeit der Wirkung erschuf fabelhafte Ursachen. Die Kinder von heute sind die einzigen, die sie verstehen und bewundern können, wie schön sie in ihrem Mysterium sind. Die Menschen haben den Rhythmus des Übernatürlichen verloren. Montaigne sagt: ›Als ich durch Vitry-le-François kam, konnte ich einen Mann sehen, den der Bischof bei der Firmelung Germain genannt hatte und den alle Bewohner des Ortes bis zum Alter von zweiundzwanzig Jahren als Frau mit dem Namen Marie gekannt haben. Ich habe ihn als alten Mann, als Junggesellen und mit dichtem Bart kennengelernt. Als er sich, sagte er, heftig anstrengte, um zu springen, vollzog sich der Geschlechtswechsel, und es ist unter den dortigen Frauen ein Lied im Schwange, das dazu rät, die Beine nicht allzuweit zu öffnen, aus Furcht, zu Männern zu werden wie Marie-Germain.‹

27. November 18 . .

Als er erfuhr, daß Madame Roland tot war, floh ihr Mann, der sich in einem Gehöft versteckt hatte, auf die Felder, entschlossen, sich umzubringen. Einige Bauern hörten einen Pistolenschuß. Ein Girondist mehr, der starb.

Am Rande des Weges begruben sie ihn, bedeckten ihn aber mit so wenig Erde, daß die Kinder aus der Umgebung mit Stöckchen spielten, wer als erster den Leichnam berühren würde.

Eine Zeitlang machte der Tote die Erde, die ihn bedeckte, geschmeidig. Nach ein paar Tagen, an einem Sonnentag, senkte sich der Boden plötzlich.

Nach Monaten entstand ein Loch, in dem sich Wasser sammelte, das die Hirtenhunde genüßlich tranken.

4. Dezember 18 . .

Bei der Geburt habe ich das Verlangen gespürt, diese menschliche Natur zu korrigieren, die mir gebrechlich und unvollkommen erschien. Ich habe dann mein Leben dieser einzigen Absicht geweiht. Die Logik hat meine Anstrengungen nicht unterstützt. Die Logik muß sich über diese Unvollkommenheit ärgern: auch sie ist menschlich. Die Logik rät, Wasser ins Feuer zu schütten, um es zu löschen. Ich habe versucht, das Feuer zu löschen, indem ich eine Flasche in eine Mappe legte.

Es ist mir nicht gelungen.

Von diesem Mißerfolg bleibt mir der Trost, ein persönliches Verfahren angewandt zu haben, das sich gewiß nicht auf die Logik der Menschen stützte, die zwar das Feuer zu löschen verstehen, zum Ausgleich aber nicht verstehen, glücklich zu sein. Ich wünschte, glücklich zu sein. Ich mußte notwendig einem anderen Weg folgen.

Ich hätte das Problem mit niemandem diskutiert. Es scheint mir aus der Mode gekommen zu sein. Aber zu mir habe ich gesagt: Besitze ich eine Seele? Ja. Und, was ist sie? Ein nicht wahrnehmbarer Schatten meiner vergänglichen, äußerlichen, ungenähten, luftigen etc. Person? Das sind Formen, die der menschlichen Logik folgen. Der Geist entäußert sich der Materie, wenn er nicht diese selbst ist, hat weder Leben, noch Farbe, noch Gestalt noch irgendetwas. Die Logik der Menschen ist die Logik der Kinder aus Mazedonien, wo die Philosophen zur Welt kamen, wie sie auch die der Kinder aus Manaos (Brasilien) ist.

Meine Mutter schnitt uns die Kleider zu und nähte sie, und nie stickte sie unsere Initialen oder wandte mehr Mühe auf unsere Hemden als auf den Saum eines Küchenlappens. Trotz diesem Mangel an Kultur entwickelte ich mich gut, genau wie mein armer Bruder, der für ein Experiment herhalten mußte.

Diese Frau, die ihre Pflicht erfüllte, hatte das Wesen eines Künstlers, und deswegen machte sie so schlichte Kleider, um uns anzuziehen. Ich möchte meine Briefe ohne Saum schreiben, mit der Ehrlichkeit und Schlichtheit, die ihr eigen waren.

31. Dezember 18 . .

In Bougival gab es ein großes Kutschendepot. In der Nacht brachen die faulen Kutscher nach Paris auf. Sie waren die Schlafwandler in meinem Heimatort. In einem Café, ›Au rendezvous des cochers‹, trafen sich die Wagenlenker bei einem Glas Wein. Unter all diesen schweren, dickleibigen Männern mit geröteten Gesichtern lernte ich einen kennen, der außerordentlich schwer, dickleibig und rotgesichtig war. Er sah aus wie eine Runkelrübe, in der sich zwei kleine Löcher öffneten, aus denen die Augen spähten. Und darüber hinaus verbargen sich diese Augen unter einem Paar Brauen, die zusammengewachsen waren wie das Stirnband eines Maulkorbes.

Dieser Mann war ein Stück aus dem Stoff einer Soutane. Er war Priester gewesen, und man hatte ihm die Weihen aberkannt. Gelegentlich nahm er mich mit bis zur Straße nach Mont Valérien und erzählte mir die Geheimnisse seines abenteuerlichen Berufes, der ihm gefiel, als fühlte er sich wie eine der Gestalten Eugène Sues, dessen Fortsetzungsromane verschlungen wurden. Auf einer seiner Fahrten erzählte er mir die folgende Geschichte, die mich über einige Geheimnisse seines Lebens aufklärte:

– Ich wurde durch den Bischof von Orléans exkommuniziert. Ein Schuft. Eines Abends, an der Gare d'Austerlitz, ruft mich der Bischof von Orléans, steigt in meinen Fiaker und läßt sich zu einem Haus in den Außenbezirken fahren. Dort steigt er aus und bittet mich, auf ihn zu warten.

Während der Fahrt bekommt der Kutscher Lust, den Gast aufzuhängen. Er fährt durch einsame Straßen, in der Hoffnung auf einen Mut, den er nicht hat, und als schon die Nacht beginnt, entzündet die Rachlust sein Herz wie die rote Laterne seiner schiefrädrigen Kutsche. Ich meine sein Herz, das er vor dem bescheidenen Altar seines Kirchspiels zu Gott erhob. Zu dem Gott der Bauern, in Holz geschnitzt und mit Kalkfarben bemalt. Aber die Beleibtheit hat aus dem exkommunizierten Mönch einen sanften Menschen gemacht, die Unbilden des Wetters haben ihn geadelt wie das unbedeutende Stroh, das unter seiner Armseligkeit die goldene Ähre des Weizens hütet. Er war unfähig, Schluß zu machen mit diesem Menschen, seinem Tyrannen, seinem Feind, der weich in den Polstern der Kutsche saß. Schließlich kommen sie zum Bestimmungsort, und der alte Bischof, vornehm gekleidet, steigt unter Wahrung aller Form aus, nach Weihrauch duftend, seideknisternd, um im Prozessionsschritt die Treppe des Hauses, das ihn erwartet, hinaufzusteigen.

Der Kutscher sucht einen Laden und kauft Brot und Käse. Das ist sein Abendessen. Der Fahrgast dehnt seinen Besuch aus, und es ist schon zehn Uhr abends. Plötzlich kommt eine verzweifelte Frau die Treppe herunter und ruft um Hilfe. Der Kutscher stürzt ihr entgegen.

– Tot! . . . Tot! . . . schreit die Verrückte und verschwindet im Dunkel der Straße. Das ist alles.

Kein Lärm, keine Tür, die sich in ihren Angeln dreht, keine Stimme. Der Tod hat das Haus erstarren lassen. Der Kutscher läßt sein angefangenes

Brot – wie sein Leben nach der Exkommunikation – auf dem Kutschbock und beginnt die Treppe hochzusteigen.

Auf dem Absatz des zweiten Stocks öffnet sich eine Tür. Er tritt ein und geht durch den Korridor, in dem man die Kleider einer Person, die sich gerade ausgezogen hat, liegen sieht, bis zu dem Zimmer, aus dem Licht kommt. In diesem Raum ist ein Bett und auf dem Bett schläft starr, mit geöffnetem Hemd, in Strümpfen, Monseigneur seinen letzten Schlaf. Es ist ein Bild in königlichen Farben. Das Rot, das Weiß, das Violett in ihrem ganzen Glanz, das Grün der Strümpfe und dann die Halbtöne der Wunden des Klerikers, die der riesige Fasan wie Schnallen an den Beinen trägt. Auf der Brust, rosa und grau, weil auf ihr ein weißer Flaum wächst, ein Kranz von Silbermedaillen und Goldmünzen von Zigeunern. Die Kerze, die furchterregend brennt, wirft ihr Lichtbündel auf den Amethyst des Bischofsringes und einen goldenen Pinselstrich auf die Haut der Eichel. Das Erbrochene, tatsächlich, eine schlecht verteilte Tusche, besudelt den Kopf des Toten. Eine silbrige Schnur bewahrt die Soutane, die sonst heruntergefallen wäre, davor, auf den Boden zu fallen, und in dem Bischofshut auf dem Nachttisch liegt eine Taschenuhr. Rings um den Leichnam erscheint durch einen optischen Effekt alles tot.

Das Geräusch, das eine Katze machen kann, die

auf einer Zeitung eingeschlafen ist und sich umdreht, kommt hinter den Portieren hervor. Das Bett schwankt. Die Vorhänge, aus Organdi, zittern. Eine Frau, schlank, taucht aus den Falten des scharlachfarbenen Damasts auf. Meine Gegenwart beunruhigt sie bis zum Erschrecken, und sie flieht, preßt dabei ihre eine Brust. Sie kommt an mir vorbeigelaufen, und während sie den Korridor durchquert, schreit sie entsetzt:

– Mama! . . .

Die Stimme schwindet die Treppe hinauf. Man hört eine Person laufen. Ihre Schritte scheinen an der Decke zu hängen. Eine ältere Dame von sicherem Benehmen erscheint in der Tür des Schlafzimmers. Mit einem einzigen Blick ermißt sie das Ausmaß der Tragödie. Sie zögert nicht. Weiß präzise, was in so heiklen Momenten getan werden muß, als hätte sie viele Töchter im corps de ballet der Oper gehabt.

– Helfen Sie mir, sagt sie zu mir.

Wir legen den Leichnam auf den Teppich, der vor dem Bett lag, und schleifen den Bischof zum Empfangszimmer. Dort beginnen wir ihn anzuziehen. Wir beenden das Werk, indem wir ihm den Hut aufsetzen und die Taschenuhr beiseite legen. Mühsam setzen wir ihn in den Sessel, neben dem Piano.

Die Leiche war noch nicht erstarrt. Sie überließ

sich uns höflich, als wolle sie sich für den Kopfschmerz entschuldigen, den sie uns machte, damit wir mit ihr taten, was uns gutdünkte. Die Mutter, deren Gesichtszüge meinen gerührten Augen immer aristokratischer erschienen, nahm eine Partitur und legte sie ihm in die Hände. Als sie den Kopf auf der Rükkenlehne zurechtlegte, würgte die Leiche den letzten Bissen eingelegtes Mangold, den sie noch in der Speiseröhre bewahrt hatte, auf das beliebte Lied.

Der Raum, durch den das Dienstmädchen verschwunden war, entsandte drei schwarzgekleidete Hilfskräfte. Alle Hast war unpassend, und sie kamen ernst und mager in den Louis-Philippe-Salon. Einer von ihnen blieb zurück und lehnte sich an die Tür. Ein anderer wich nach rechts aus, um das Schauspiel besser betrachten zu können. Der dritte, der näherte sich dem Leichnam.

– Wie ist es dazu gekommen? fragte der Neugierigste auf Polizistenart.

– So wie Sie es sehen, sagte die Dame, die auf ein Podium gestiegen zu sein schien, so klar war ihre Stimme. Mein Kind saß am Piano. Monseigneur wollte uns ein Lied hören lassen. Er nahm die Partitur, und als er die erste Note anstimmen wollte, muß die Anstrengung ihn das Leben gekostet haben. Er senkte den Kopf auf die Brust, und so ist er geblieben.

Das ist die historische Wahrheit. Aber auf dem

Grund von Ehrenhaftigkeit, den wir alle besitzen, um ohne Mitleid und ohne Selbstrechtfertigung über uns urteilen zu können, habe ich nie die Tatsachen, die ich dir erzähle, anerkennen können. In dieser großartigen ›mise en scène‹ hatten wir einen beklagenswerten Fehler begangen. Meine Komplizin hatte die Partitur verkehrt herum gelegt ...

Der Kutscher blieb nachdenklich, als sei er im tieftsten Herzen beunruhigt. Einen Augenblick später gab er mir die Hand und sagte zu mir:

– Wir sind am Ziel! Auf morgen! Steig ab.

2. Januar 18 ..

Das Leben ist der Erfolg des Foetus. Geboren werden ist seine Bestimmung. Der Tod erscheint ihm, in seinen neunmonatigen Überlegungen, noch nicht als die Tragödie der christlichen Philosophen. Man denkt nicht in den Wartesälen. Dem Foetus genügt es, das Licht zu erblicken, um zu triumphieren. Das ist alles. Er hat sich eine lange Zeit den Geschäftigkeiten der Abtreibung entzogen und kennt aus Erfahrung alle Tatsachen, die das Strafgesetz als bekannt voraussetzt, um den Bürger den Verlust seiner bürgerlichen Rechte vermeiden zu machen: die kalte Dusche, die den Eierstock frösteln läßt; dann die Infusion mit dem Extrakt der Raute. Und später, wenn es schon keine Hoffnung mehr gibt, die tückische Sonde, die die zitternde Hand einer Fünfzigjährigen mit der Erfahrung eines angehenden Schlachters ständig herumfummelnd handhabt, auf die Art der vollkommenen Wesen, die in jedem Augenblick die Vorschriften befolgen wollen und unweigerlich neben die Spucknäpfe spucken. Der Foetus kann in romantischem Ton ausrufen: Das ganze Register!

Daher kommt es, daß sich, trotz seinem Erfolg, auf seinem Angesicht die Vorahnung vom Ende der Welt zeigt. Das synästhetische Leben ist eine ununterbrochene Abfolge von Drohungen gewesen. Sein Triumph ist voller Melancholie und hat eine breite Stirn, als wäre der tückische Gedanke, jetzt, an einem Schlaganfall, zu sterben, plötzlich hinter ihr aufgekreuzt.

24. Februar 18 . .

Ich konnte nie die großen, von Haussmann erfundenen, Boulevards ertragen. Die Leute, die sich die Straße lang ekeln und dort arbeiten, erinnern mich an den Heiligen Paulus: ›Der Tod ist der Preis der Lust‹. Sie sind übertünchte Gräber. Wunderschöne Frauen, die ein schnelles Leben leben wie die Schmetterlinge, ihrer Schönheit unter dem Gips und der Schminkeschicht nicht gewiß; Männer, die aus den Frauen die Verlängerung des Bauches ihrer Mütter gemacht haben und immer noch von ihrem Eierstock leben, von ihrem Blut und ihrem Eiter;

Männer, die sich getäuscht haben, und Männer, die sich ducken, um ein Stückchen grünes Papier aufzuheben, ob es einen Centime oder ein Vermögen enthielte; und, die Vorübergehenden aufhaltend, ein Kellner, der sich mit einer Palme im Kübel abschleppt, um sie am Rande des Bürgersteigs aufzustellen, als ob dort der Weg nach Damaskus vorbeiführe.

28. Februar 18 . .

Nichts macht so traurig wie die Popularität. Sie versteht es, uns dieselbe Bitterkeit, diesen Groll einzuflößen, der uns bedrückt, nachdem wir eine Frau besessen haben. Die Popularität ist: ein Weibchen in die Arme nehmen, fühlen, daß die Lust sich nähert, und nach einer kurzen Pause – in diesem Augenblick durchschneiden sie uns wieder die Nabelschnur – die Traurigkeit der Neugeborenen, die immer eine breite Stirn, vereiterte Augen, einen schmerzlichen Zug um den Mund haben, und das schrumplige Geschlecht umfängt uns wieder. Ich habe die Popularität gekannt, glaube das schon gesagt zu haben. Ich besaß von klein auf Eigenliebe, nachdem ich fünf Leichen in den Gittern der Mühle entdeckt hatte.

Und mit solcher Geschwindigkeit kommt das Alter der frühreifen Kinder. Die Geige spielenden Wunderkinder haben mit sieben Jahren das Alter von zwanzig. Ihre Seele ist ermüdet vom Beifall. Sie alle werden allmählich weibisch. Wenn sie dreizehn Jahre alt sind, dringen die Impresarios darauf, daß sie ihre kindlichen Locken behalten, die sie jünger machen. Sie entfernen ihnen die Körperbehaarung. Die Frauen küssen sie bei den Benefiz-Vorstellungen wie Schafe und die Männer wie eine Frau. Sie haben alle Genüsse kennengelernt außer dem sinnlichen; aber da die Jugend um der Verträge willen ewig dauern muß, überlassen die Impresarios sie den Händen der Kunstkritiker, die die Entjungferer der erhabenen Erkenntnisse sind und einen vergänglichen Deich gegen diese Intelligenz errichten, die sich vorzeitig erschöpft. Und dann ähneln die siebzehn Jahre dieses frühreifen Kindes den fünfundfünfzig Jahren eines reichgewordenen Kaufmanns, der sich dem Genuß hingibt, sich den Soldaten in den Festungen ergibt und den Tagelöhnern in den Eisenbahnwaggons, die bei Nacht auf toten Gleisen fahren.

4. April 18 . .

Noch der skeptischste Mann sieht trotz allem in einem Frauenblick die Glückseligkeit aufscheinen, die, wie die Araber sagen, goldene Fersen hat. Ich kannte in meiner Jugend eine Frau, deren Blick sehr süß war. Seine Schönheit verdankte sich ihrer Kurzsichtigkeit.

Ich betrat das Haus von Verwandten. In diesem Augenblick brachten sie ein verwaistes Mädchen, das sie aufgezogen hatten, ins Asyl; es hatte einen großen Frevel begangen: es hatte mit einem Mann geschlafen . . .

Ich werde wahrscheinlich nie wieder den Schmerz der Unschuld so durchdringend in einem menschlichen Auge sehen, wie ich ihn damals gesehen habe. Marie-Louise, das Waisenkind, sah mich an, wie ein vorübergehender Engel mich hätte ansehen können. Ich war der einzige Mann, den sie nach ihrem verhängnisvollen Fall erblickt hatte, und sie hatte bereits eine Woche in der Dunkelheit einer Dachkammer verbracht und nur trockenes Brot gegessen und Seifenwasser getrunken, als Strafe für ihren Fehltritt. Meine Tanten waren strenge Moralistinnen, und sie waren unverheiratet.

In dem Asyl der Nonnen sagte sich die Tuberkulose, die eine der liebenswerten Erscheinungsformen von Aschenputtels Fee ist: ›Ich werde ein Werk der Nächstenliebe vollbringen‹, und das Mädchen, das mich mit den Augen eines Engels auf dem Wege zum Himmel angeschaut hatte, diese Frau, die den ungeheuren Rang einer Mutter erstrebt hatte, wie die Mädchen, die sich Kissen unter die Röcke binden und behaupten, schwanger zu sein, starb an einem frühen Morgen, umgeben von der zärtlichen Fürsorge der Nonnen, die ›sicher‹ waren, daß sie sterben müsse. Endlich atmeten meine Tanten auf. – Der Wille Gottes hat sich erfüllt – sagte meine Tante Xavière –, die niemals einen Busen gehabt hatte und über der Brust ausgestopfte Kittel trug.

10. April 18 . .

Da ich immer am Fluß, in diesem unermeßlichen Becken des Seinetales, im Angesicht des Wassers, das frei dahinströmt, unter dem Wind, der die Bäume entwurzelt, und unter der Sonne, die die Haut der Fischer röstet, gelebt habe; an der Straße, die von den Städten befreit, an den Wegen, auf denen die Vagabunden ihre rebellischen Lieder wiederkäuen, hat mir immer der Sinn für Autorität und das Gefühl für die Hierarchie gefehlt. Meine Einsamkeit hat keinen anderen Vertrauten als meinen Instinkt gehabt. Heute, wo ich mich im Hof der Kaserne dem Rest der Welt einverleibt habe, habe ich gelitten, wie keiner meiner Kameraden leiden kann. Sie klagen über die Disziplin und haben Worte, mit denen sie das können. Ich habe sie nicht gefunden. Ich schlucke meinen Schmerz herunter. Ich denke nur an eine einzige Seligkeit. Mich zu rächen. Gemeinsam mit dem Freund, der mit leiser Stimme auf mein Herz einredet, den Menschen, die die Schönheit des Lebens zerstört haben, indem sie die Kinder ermordet haben, mein Entsetzen entgegenzuschreien.

Ich besinge meine Kindheit auf diesen Seiten, die niemand lesen wird, weil sie nur für mich bestimmt sind. Mir haben sie keine Spielzeuge gegeben, die meine Männlichkeit verkümmert und mir empfohlen hätten, folgsam und, was das Schlimmste ist, gewöhnlich zu sein. Nein. Ich habe nie die Gendarmen aus Blech oder Pappe gekannt, mit denen sich die Kinder in den Städten vergnügen. Die Gerechtigkeit ist ein gemalter Gendarm, der in unseren Händen die Farbe verliert. Ein gemalter, gestochener, in die Nahrung, die wir aufnehmen, eingegossener Gendarm. Er ist das Warenzeichen dieser traurigen Gesellschaft von entbundenen Leuten, die es nicht verstanden hat, die Anmut jener Zeit zu bewahren, in der sie ein Kind war und in der der Mensch, dieses fettleibige Wesen, glücklich schlief.

24. April 18 . .

Ich war ein guter Schüler im Geometrieunterricht. Die gerade Linie entzückte mich. Vor allem die Lotrechten. Es sind die Linien des Lebens, sagte ich mir. Nie konnte ich vor der Lithographie des Turmes von Pisa stehenbleiben, die zu Hause im Flur hing. Der schiefe Turm bedrückte meine Seele. Ich sah ihn fallen. Wenn ich die Zeitung in die Hand nahm, galt mein erster Blick den Nachrichten aus Italien. Er war noch nicht gefallen.

Wann also? Der Albtraum bemächtigte sich des Themas. Der Turm von Pisa stürzte in meinen Träumen krachend ein.

Die Nachricht von Einstürzen bereitete mir immer Vergnügen. Wie viele Opfer? Ach, was bedeuteten die, die unter den Mauern starben, im Vergleich zu der innerlichen Beruhigung, mit der diese mit Einsturz drohende Mauer so vielen lohnte, die es sich wie ich nicht leisten konnten, sie zu besichtigen. Die alten Viertel haben ihre Poesie, die Patina, die Spuren der Zeit; aber ich bin diesen Vierteln, die sich, um nicht zu fallen, Schulter an Schulter aneinander stützen wie die alten Frauen in einem Asyl, immer aus dem Wege gegangen. Die Mauern selbst bedrücken mich nicht so sehr, wie die Träger, die sie aufrecht erhalten, mich beunruhigen. Sie erscheinen mir nie hinreichend stark. Diese Balken, die nicht vollkommen aufrecht stehen, verursachen mir Schauder. Die Haare stehen mir zu Berge. Ebenso wie vor schiefhängenden Bildern und noch viel mehr vor Landschaftsperspektiven. Es ist ein Leiden, das ich den schlechten Malern nicht verzeihe. Es ist auch meine allzu große Liebe für die Stereoskopie. Ihre genauen Grundrisse erfüllen meine Seele mit Süßigkeit. Auf dem Friedhof von Bougival gab es eine stumpfe Pyramide, die die schnurgerade Linie des Hauptweges unterbrach. Ich warf das Denkmal um. Sie errichteten es noch solider. Ich stürzte es von neuem mehrere Male um, bis die Eigentümer des Grabes sich über das ästhetische Attentat, das sie begingen, klar wurden und das Grabmal verkleinerten. Ich weiß nicht, ob sie auch den Toten zurechtstutzten.

Die Proportion, die die Schönheit der Architektur ausmacht, hat mich an den Rand des Todes gebracht. Bougival ist, wenn man die Bauten des 18. Jahrhunderts mag, schön, aber ein Triumphbogen, den die Römer in Saghuan hinterlassen haben, war so vollkommen, daß jede Frau, die an ihm vorbeiging, eine Schönheit von niederschmetternder Vollendung empfing. Der Triumphbogen machte mich krank. Sie sperrten mich als Deserteur ein, und das war meine Rettung. Ich wäre wie ein wollüstiger Buddha am Rande des Weges gestorben, in der Betrachtung der Poesie, die die Proportion der architektonischen Linien über die Frauen von heute wirft, so wie sie vor zweitausend Jahren den Afrikanerinnen, die aus der Liebe einen Tempel gemacht hatten, in dem sie sich zum Beten niederlegten, einen ähnlichen Zauber verliehen hatte.

Die Liebe ist der tiefste ästhetische Augenblick im Leben eines Menschen. Die Liebe und der Glaube schwinden und scheinen sich gemeinsam, wie sie entstanden, aufs freie Land zurückzuziehen, zusammen mit den Menschen, die vor etwas Angst haben und furchtsame Spielzeuge Gottes sind.

6. Mai 18 . .

Früher besaßen die Menschen das Meer, die Berge und die Sterne. Sie verfügten über sie in ihren Gedichten, in ihren Träumen und in ihrem Tod. Heute . . .

Man kann bisweilen, auf die Entfernung, über das Seinebecken hinweg, ein undeutliches Etwas sehen, das wegen des begünstigten Ortes, den es einnimmt, ein Kind oder eine schöne Frau sein müßte. Wenn wir uns dem Punkte nähern, überzeugen wir uns, daß das, was ein auserwähltes menschliches Wesen zu sein schien, nichts weiter als ein Hündchen, ein Photoapparat oder ein Fahrrad ist.

8. Mai 18 . .

Der Sohn des Kohlenhändlers – Joachim – hatte bei diesem blinden Spiel der Verbindungen zwischen den Dienern und den Pförtnern einen Küraß geerbt, der nicht aus alten, sondern republikanischen Zeiten stammte. Joachim pflegte das Vermächtnis seiner Vaters und machte sich ein Vergnügen daraus, den Küraß anzuziehen. In dieser befremdenden Szenerie gelang es, ob man wollte oder nicht, diesem Jungen mit dem schmutzigen Gesicht, mit der in die Platte aus leuchtendem Stahl gehüllten Brust, mir entschwundene Zeiten wachzurufen. Diese befremdende, unentwirrbare Stimmung war auf vollkommene Art ein historisches Milieu, wie es die Historiker entwerfen, und Joachim, verborgen hinter seinem starren Panzer, war ein aus der Mode gekommener Krieger, eine Mars-Statue unter der Erde, die auf den Stich der Schaufel wartet, die sie entdecken soll.

Da Joachim die Befriedigung, sich von dem Stahlkorsett gefangen zu sehen, nicht verbergen konnte, erregte mich der Neid, eine vergleichbare Umarmung zu spüren. Ich konnte mir keinen Küraß kaufen. Das war mein Traum. Also kaufte ich mir eine Corsage aus grobem Garn, marineblau, und lernte den ständigen Kitzel dieses stummen Geflechts kennen, das die Formen und die Wonne der Frauen bestimmt.

Ich hatte das Futteral der Wollust entdeckt. Die Sulamitin auf dem Bauche Salomos hatte keine andere Absicht: den Druck auf bestimmte nervöse Zentren, der meine einsame Lust steigerte.

18. Mai 18 . .

Joachim hat mich wieder in meine Kindheit zurückversetzt. Ist es die blaue Stunde? Wer hat sie so genannt? Es ist allemal ein Sarkasmus für diejenigen, die vor dem Gesetz, das sie heute einholt, damals kleine Delinquenten waren.

Ein Mann näherte sich mir eines Tages, als ich aus der Schule kam. Ich war höflich wie ein Mädchen, das seine Lehrerin verzieht, indem sie es mit

Zärtlichkeiten überschüttet, die das Glück erwachsener Menschen ausmachen.

– Weißt du, wo man ein Haus mieten kann?

– Da gegenüber, antwortete ich ihm.

– Könntest du die Schlüssel holen?

Ich ging sie holen, und wir betraten das unbewohnte Haus. Die Türen zu allen Zimmern standen offen, und das Echo unserer Schritte kam uns aus der Tiefe des Hauses entgegen. Oben auf der Treppe reichte mir der liebenswürdige Mann, der mich zum Teilhaber seiner Unternehmen gemacht hatte, eine Tüte Bonbons, und mit der anderen Hand öffnete er mir die Hose.

– Wie hübsch! – sagte er mit dem freimütigen Lächeln eines Wilden zu mir, während er mich liebkoste.

Ich hörte jemand nach mir rufen. Es war eine ferne Stimme, die ich seit dem Tod meiner Mutter nicht mehr vernommen hatte. Von woher kam sie? Ohne weiteres stieg ich automatisch die Treppe hinunter. Ich ging auf die Stimme zu. Der Mann mit den liebenswürdigen Manieren folgte mir, und während ich hastig weglief, um diese Unterbrechung wieder wettzumachen, sah ich, wie er die Tür umständlich schloß und mir nachschaute wie ein Poet auf der Schwelle des Handelsministeriums.*

* Der Setzer ist empört über den Letzte-Neuigkeiten-Stil des Vicomte de Lascano Tegui.

23. Mai 18 . .

Ich wußte noch nicht, was die Liebe ist. Wenn ich in die Nähe der kleinen Freundinnen kam, lehrte mich das Parfüm der Frau, das ihrem Fleisch entströmt, ganz natürlich, denn sie erröten, sobald sie es merken, denselben Schwindel kennen, den ich als Erwachsener an der Brust der Frauen erlebte. Oft machte mich das bloße Aroma der Mädchen mit der erquickenden Erregung bekannt, die ich später in den flüchtigen Umrissen der Unbekannten kennenlernen sollte. Ich lebte in einer Krise der Empfindung, bis mich eines Tages eine Nachbarin, die Julie hieß, zu sich herauf bat. Sie war Witwe. Sie setzte mich auf ihren Schoß und küßte mein Glied. Sie war meine erste Geliebte. Sie nahm mich mit der Erfahrung ihrer fünfunddreißig Jahre bei der Hand. Diese Frau hatte ein großes Interesse an mir.

Als Spiritistin glaubte sie, in Bougival dem Geiste ihres in der Seine ertrunkenen Mannes nahe zu sein. Da ich an die zwanzig Leichen in den Gittern der Mühle entdeckt hatte, erkannte die ganze Bevölkerung von Bougival in mir einen ihrer auserwählten Helden. Ein Begräbnisinstitut hatte mir hundert Visitenkarten übergeben, die ich den Ertrunkenen in die Tasche stecken sollte. Die Familie des Verstorbenen zögerte nie. Dieses Institut, mein Partner, gab mir als Geschenk zehn Francs für jedes Begräbnis, zu dem ich ihm verhalf. Madame Julie konnte sich dem Fettfleck meines Ruhmes nicht entziehen. Der Leichnam ihres Mannes hatte nicht gefunden werden können. Würde ich auf ihn stoßen? Nein; und so lange konnte sie sich nicht wiederverheiraten. Es fehlte die Leiche, um den Todesfall zu bestätigen. Da ich nicht auf ihn stieß, sah sie sich genötigt, die Scheidung von ihrem Mann wegen Verlassens des ehelichen Haushalts zu beantragen. In Gegenwart eines Mediums ließ sie am Vorabend des Urteils ihren streunenden Mann erscheinen. Das Medium erklärte, es sehe hinter mir, über meinem Kopf den Geist des Gatten, der in der Hand ein Stück Pappe mit der folgenden Inschrift trug:

Ein Adler ißt eine Banane,
Und die ganze Menschheit wird vergoldet!

Dieser rätselhafte Zettel wurde von dem Medium, das mit einem Maurer verheiratet war, auf folgende Weise erklärt:

– Adler: Hochmut. Banane: Parfüm. Die Menschheit: heißes Blut. Goldene Färbung: flüchtiges Glück.

Im Schweigen der Trauer taten wir alle so, als würden wir die Symbolik verstehen.

25. Mai 18 . .

Ich wollte mein eigenes Leben leben. Ich war damals vierzehn Jahre alt, was meine Unruhe besser erklärt. Ein unmäßiges Verlangen, in die Ferne zu gehen, trieb mich über die Straßen, bis die Nacht anbrach. Wie wollte ich zurückkommen? Die Begeisterung, die das Schauspiel der Landschaft mir widerspruchslos einflößte, hatte mich immer mit sich fortgezogen. Ich las in diesem Alter Abenteuerbücher über fremde und wilde Kontinente. Die Inseln, die im Mittelalter im Schlepptau der Drachen schwammen, zogen mich an. Unglücklicherweise gab es sie nicht mehr. Ich wollte mit den wilden Tieren und den Eingeborenen kaum erforschter Länder kämpfen. Es waren unvollkommene Wesen, über denen ich das eitle Überlegenheitsgefühl des kleinen Zivilisierten treiben sah.

Ich kenne Stanleys Reisebuch auswendig. Ich habe es den Jungen aus Bougival vorgelesen und erzählt. Die meisten von ihnen sind heute Apachen. Und was sind die Apachen anderes als zu spät geborene Jäger von wilden Tieren?

Nach dieser Lektüre stellte sich mir die Welt dar als geteilt in zwei Hemisphären. Die Hemisphäre der blanken Waffen und die zaubervolle Welt des Revolvers.

Und ich ließ mich mit einem Revolver in der Hand photographieren.

9. Juli 18 . .

Sie war die Tochter eines Alkoholikers. Ihr Vater hatte sehr weiße Hände, als wäre er ein Müßiggänger, und das Mädchen wuchs in ihrer Bewunderung auf. Mit sieben Jahren verliebte sie sich in eine Frau, die ihr im Vorübergehen den Kopf streichelte. Warum? Weil sie schöne Hände hatte. Das wäre alles gewesen, was sie vom Leben erwartete. Durch die fremden Hände war ihr die Empfindung der Schönheit zuteil geworden. Sie war arm, lebte allein und träumte nicht wie der Junge vom Pachthof davon, das Korn auf der Tenne anzuzünden, um die Großartigkeit des Feuers vor dem Hintergrund der Nacht zu erleben. Weil der Mensch nicht immer das Werkzeug der vollkommenen Schönheit sein kann. Unselig die Frau, die sich einem Mann hingibt, weil er krauses Haar hat oder weil er es glatt trägt! ... So verliert sie ein zweites Mal das Paradies.

Eines Tages rief der Vater Gabrielle, die wir unter uns das Fräulein Fifi nannten. Sie folgte der leuchtenden Spur der Hände ihres Vaters, die ein Messer gepackt hielten. Sie waren für sie noch schöner als gewöhnlich, und er ergriff sein Glied und schnitt es vor den Augen des Mädchens ab. Das Blut überströmte diese Hände, die das Organ des Trunkenen auf den vertrauten Tisch niederlegten. Auf Grund dieser Szene wurde Gabrielle verrückt. Es war eine großmütige Verrücktheit. Sie gab sich unter den Brücken, in den Hauseingängen, bei Einbruch der Nacht und zwischen den leeren Ständen der Markthalle hin. Während ich sie besaß, leckte sie mir die Hände. Am Ende unserer Vereinigung wurde ihr Speichel so dicht und schaumig wie der, der vom Zügelansatz durchgehender Pferde läuft.

14. Juli 18 . .

Ich habe meine Familie zerfallen sehen wie ein Leprakranker stückweise seine kalten, aufgeschwollenen Hände zerfallen sieht. Meine unglücklichen Eltern alterten und starben.

Mein Vater brachte vom Amazonas ein Krokodil mit, das wir in einem mit einem Drahtgitter bedeckten Becken einquartierten. Das Krokodil verbrachte ein paar Monate schlafend, und die Bremsen und Moskitos wohnten auf seinem gepanzerten Rücken. Beim Blutsaugen übertrugen sie die Schlafkrankheit. Das Krokodil wachte, fast immer, nur auf einer Seite auf. Es öffnete das Auge auf dieser Seite und betrachtete uns melancholisch. Es war immer müde. Der Lärm der Straße, das Rattern der mit Gemüse beladenen Karren, beschleunigten seine Albträume. Ein Moskito, dem es gelungen war, an dem Tage, an dem das Krokodil ein Auge geöffnet hatte, seiner Lethargie zu entfliehen, stach meinen kleinen Bruder, der mit einem Finger an der äußeren Zahnreihe unseres Gastes entlangfuhr, und mein Bruder lernte durch diesen zufälligen Stich das unbeschreibliche Vergnügen kennen, als Versuchsobjekt zu dienen. Er starb am Schlaf.

Das Grab meines Bruders befand sich im tiefer

gelegenen und feuchten Teil des Friedhofs. Die Seine bedeckte ihn während der periodischen Winterhochwasser. Zwischen dem Dreck und dem Schlamm sammelten wir später das Kreuz auf, das die Strömung weit fortgetragen hatte. Das Grab schien ihm folgen zu wollen und sich treiben zu lassen und in das Flußbett zurückzukehren, als wären in diesem Kasten aus Fichtenholz mit Griffen aus Blei nicht mehr die bloßgelegten Knochen meines Bruders, sondern die göttliche und ägyptische Seele des heiligen Krokodils.

2. August 18 . .

Es heißt, daß die Gondolieri aus Venedig die harmonischsten Menschen der Erde seien. Das heißt, der Erde, die in Bewegung ist. Ich habe sie nie gesehen, aber ich stelle mir vor, daß sie den schwarzen Katzen ähneln, die als Tiere das Harmonischste sind, was ich kenne. Wenn irgendein fremder Mensch mich eine Stunde meines Lebens beeindruckt hat – sie glitten vorüber wie die Wolken auf den Glaskugeln im Garten –, so waren das immer die Heizer der Dampfschiffe, die auf der Seine verkehren. Ich habe sie von nahem gesehen, auf die Reling gestützt, ermattet wie Childe Harold, auf die vorbeiziehende Landschaft blickend, kaum bewegt durch die Flüchtigkeit des grauen Rauches ihrer Pfeifen. Nur ihre Augen waren interessant. Parias, die im Angesicht des Feuers und unter der Kohle leben, die roten Pupillen umgeben von einem Schatten aus schwarzem Staub in den langen Wimpern – diesen Wimpern, die die Kohle düngt –, sind ihre Mandelaugen die Augen der mythischen und exotischen Königinnen. Angesichts ihrer Schönheit war ich gerührt wie Antinous gerührt sein mochte unter dem Blick eines hadrianischen Legionärs.

Ich habe den Schauer des Mysteriösen, des Hermetischen und des Orientalischen kennengelernt. Diese Augen schienen die uneingestandene Absicht der jüngsten literarischen Stile in sich zu versammeln. Reisende in ferne Länder, romantisch waren diese Augen. Auf die Landschaft geheftet in einer Stunde des Lebens waren diese Augen eindrucksvoll, erschreckend und schön wie die Augen auf den Bildern in dem dunklen Saal feuchter Schlösser; riesenhaft und fesselnd wie die vermeintlichen Augen der Mumien, weit wie die Augen der Ägypter.

Ich habe diese verhängnisvollen Augen über meinem kindlichen, gelegentlich weiblichen Gemüt gespürt. Augen, die den Heizern ins Gesicht eingelegt sind, so wie die griechischen Statuen der Verfallszeit Augen aus Achat, aus Smaragd und aus Gold hatten. Sie sind vorbeigefahren und haben mich widergespiegelt, ohne mich anzuschauen, frei von jeder Erregung und jedem Gefühl. Die Heizer der Dampfschiffe auf der Seine haben dieselben Augen aus billigem Glas wie die einbalsamierten Tiere in den Provinzmuseen.

9. September 18 . .

Marie-Germaine wechselte das Geschlecht mit zweiundzwanzig Jahren. Ich sah meins bestätigt, als ich knapp zehn Jahre alt war, ein Alter, in dem die Jungen unsicher sind, ob sie nicht Frauen sind, und einige sind schon so empfindungsfähig wie die Mädchen. Ich hatte einen Mitschüler, den wir küßten, als ob er kein Junge wäre. Und Osvald, so hieß er, war das allerglücklichste Wesen, denn wir machten ihm ohne jeden Hintergedanken den Hof und schenkten ihm das Schönste, das wir besaßen. Wir luden ihn zum Spazierengehen ein, und er machte uns das Vergnügen, heimlich mit uns zu gehen. Er entwischte aus seiner Wohnung, um uns zu begleiten. Die Haut seines Gesichtes und seiner Beine war ganz und gar weiblich, und ich war so eifersüchtig, daß ich mich mit ihm verfeindete. Mir war lieber, ihm fern zu sein, als ihn allen meinen Freunden gemeinsam gehören zu sehen. Als wir wieder Frieden miteinander schlossen, war er schon nicht mehr so anziehend. Er flößte mir Widerwillen ein. Er dagegen verzehrte sich, mir gefällig zu sein. Ich nahm ihn mit zum Flußufer und bediente mich Osvalds, um Blutegel zu fangen. Ich ließ ihn ohne Schuhe ins Uferschilf gehen, und die Blutegel hefteten sich

an seine Beine. Dadurch, daß er meinen Bedürfnis-
sen diente (wenn ich ihn dabei ausnutzte, küßte er
mich heftig, und ich konnte es nicht ertragen), ma-
gerte er ab, wuchs, und die rosa Farbe seiner Haut
verfärbte sich gelb. Eines Tages warf man ihn aus
der Saint-François-Schule, und danach sah man ihn
aus Paris kommen, gepudert wie ein vornehmes
Fräulein, auf den Zehenspitzen gehend und sich
umschauend, ob jemand ihm folgte. Beim Wenden
des Kopfes lächelte er. Man hätte gesagt, daß er ge-
rade eine Verabredung getroffen hatte.

Ich habe in der Vergangenheit von Bougival kei-
ne Spuren davon gefunden, daß es Sitz einer Hu-
genottengemeinde gewesen war. Aber Osvald ge-
genüber zeigte sich dieser Ort entrüstet und purita-
nisch bis zum Exzeß. Er wurde grausam isoliert.
Man fand ein besonderes Vergnügen daran, ihn
zum Opfer zu erwählen, indem man diesen armen
Kranken, für den das Sanatorium ebenso passend
gewesen wäre wie er unschuldig vor dem Gesetz
war, dem härtesten Gesetz der Ersten Nacht zum
Lohn für den vergänglichen Genuß einer zweiten
unterwarf. Welches Opfer nahm er nicht auf sich,
vorausgesetzt, wir begleiteten ihn. Er hatte zwei
Löcher in die Türen zum Schlafzimmer seiner Mut-
ter, in zweiter Ehe verheiratet, und zum Schlafzim-
mer seiner Schwester, einer Jungfrau von fünfzehn
Jahren mit dem üppigen Körper einer Spanierin,

gemacht. Die sexuellen Krüppel, die ihn begleiteten, konnten sich die Warte aussuchen, die ihnen am besten gefiel; bald dasjenige Loch zum ausschweifenden Stiefvater Osvaldos, bald dasjenige zur rosa und nackten Unschuld des Jungfräuleins vor dem Spiegel, beunruhigt wie alle Ehelosen von der bodenlosen Einsamkeit der Provinznächte.

10. September 18 . .

Ich erinnerte mich, in einem gewissen Lebensabschnitt sehr viel vollkommeneren Menschen begegnet zu sein und mit ihnen geredet zu haben als denjenigen, die ich heute kenne. Aber die Einzelheiten sind mir entschwunden . . .

Ich erinnere mich auch, daß mich in diesem Alter die Omnibuspferde anlächelten. Ja . . . sie lächelten mich an, jener Ungläubigkeit der Menschen zutrotz, die nie Kinder gewesen sind, und die bewirkt, daß alle Aussagen aus meinem Munde zweifelhaft erscheinen.

14. Oktober 18 . .

Die Fische – ich meine die in der Seine – sind alt und müde, wenn sie Bougival erreichen. Sie kennen das ganze Handbuch der Fischereikunst. Wenn ich am Fluß pfeife, sehe ich, wie die Fische sich damit vergnügen, aus dem Wasser zu springen, und die Musik preisen. Dagegen bewegen sie sich nicht, wenn sie an den ausgeworfenen Angelschnüren vorbeischwimmen. Denn die Fischer sind so langweilig, daß sie nicht pfeifen können.

2. November 18 . .

Der Kutscher Raymond ließ mich auf den Bock steigen. Von neuem zogen die Klatschgeschichten – denn ein gewisser Freimut des Beichtstuhls versüßte ihm das Leben – vorüber, hintereinander, eine um die andere. Wir umfuhren die grüne Haube des Mont Valérien, als wir eine lange Prozession junger, von zwei Barmherzigen Schwestern behüteter Fräuleins sahen, und Raymond fuhr mich an:

– Schau dir die Weibchen an, Kleiner, man muß sich an sie gewöhnen. Wer auch nur an einer einzigen Frau vorübergeht, ohne sie zu beachten, läßt einen Feind hinter sich. Man muß sie ansehen, sie begehrenswert finden, sie abschätzen, die einen herausfordernd, die andern voller Melancholie, aber mach mit keiner Frau eine Ausnahme. Die Natur wird es dir nicht verzeihen.

Der Kutscher Raymond sah auf die behüteten Schwestern, wie man auf einen offenen Hosenschlitz sehen würde.

Und fügte hinzu:

– Ich kenne sie . . .! Und wie ich sie kenne! . . . Eine Pflegerin, in ihrer Barmherzigkeit eine Schwester Jesu, verliebte sich in einen dieser Kranken, die

Wurzeln in den Hospitälern schlagen. Sie starb vor Liebe zu diesem Überbleibsel schmerzensvoller Menschlichkeit, so wie die Städter gewollt haben, daß das Leben sei. Die Liebe kannte keine Grenzen, und durch die Scheibe in der Tür folgte die Pflegerin der süßen Linie dieses Profils, die der Tod zeichnete. Es war eine stumme Liebe. Und der Tod empfand Eifersucht. Es war ein Kampf zwischen dem Tod und der Pflegerin, und in das Glas, aus dem der Kranke trank, um seinen Durst zu löschen, schüttete der Tod ein Pulver der Wollust. Die Liebe war fleischlich bis zum Fieberwahn. Hinter der Tür ihres Zimmers stieg die Pflegerin hinab bis zu den tiefen Spasmen der irdischen Liebe. Der Tod siegte. Die Nonne starb in aller Pracht. Sie begruben sie mit den Zeremonien, mit denen man sich von den Opfern der Pflichterfüllung verabschiedet. Die Trikolore bedeckte ihren Sarg. Ihre Überreste begleiteten die Pflegerinnen, die Ärzte, die Genesenden. Ein Tischlerlehrling, der die Hospitaltür, hinter der die Pflegerin gestorben war, holen sollte, folgte dem schönen Hofstaat, den Türflügel auf der Schulter. Er war ein neuer Simon von Kyrene. Der Türflügel erfüllte den Lehrling mit Wollust, und eine neue Quelle der Liebe strömte über die Erde.

17. November 18 . .

Bougival ist von alten Frauen bevölkert. Sie haben große Gesichter, die die Fensterscheiben ausfüllen. Oh, mein Gott, wie alt sie sind! . . . Nicht einmal der Tod kann sie überzeugen, und sie werden bloß sterben, weil sie müde sind, die Glocken läuten zu hören.

25. Dezember 18 . .

Mit den Hühnern von Bougival war es dieselbe Geschichte. Sie wanderten langsam, viel weniger eilig als die Hähne, in den Tiegel. An ihrem Schicksal änderte sich nichts, wenn sich der Besitzer änderte. Im Gegenteil. Der Dieb, der sie entwendete, brachte sie schnell zum Markt. Es gab übrigens, uneingestanden, ein stummes Einverständnis wechselseitigen Interesses zwischen dem Eigentümer und dem Vogel, das sehr viel eindeutiger hätte sein können, wenn der Mensch nicht seinesgleichen so tief verachtete und sich, statt das Rätsel der chaldäischen Schrift zu lösen, vorgenommen hätte, die Sprache der Tiere, die ihm verwandt sind, zu entziffern. Ich habe in meinem Heimatort die merkwürdigsten wilden Ehen entdeckt, intime und beschämende Schauspiele. Daher, wegen dieser Neigung meines Geistes, konnte ich die tiefe Zuneigung einer meiner Nachbarinnen zu ihrem Geflügel beschreiben.

Meine Nachbarin nahm ihre Hennen oft auf den

Arm und sagte ihnen albern, mit dem Zeigefinger drohend:

– Flieht rechtzeitig vor den Dieben, laßt euch nicht von den Spitzbuben stehlen.

Dann ließ sie sie wieder frei, um ihnen später, einer nach der anderen, die Lektion zu wiederholen.

Man muß glauben, daß das Geflügel sie verstand.

Ihre Hennen waren die furchtsamsten Hennen, die ich kennengelernt habe. Das geringste Geräusch ließ sie fliehen, und sie liefen entsetzt davon, um sich unter die Röcke ihrer Herrin zu flüchten.

Was lächerlich schien, war es keineswegs. Die Statistiken versichern uns, daß unter tyrannischen Regierungen eine große Zahl von Menschen an Herzkrankheiten stirbt. Die Hennen starben, unter dem Druck der Warnungen ihrer Eigentümerin, jung, erstickt von einem übergroßen Herzen, das gewiß nicht so viel wert war wie die Leber der Gänse aus dem Périgueux.

14. Januar 18 . .

– Die Welt, sagte mir der Kutscher, begeht langsam Selbstmord . . .

Er suchte nach einem Vergleich, um sich deutlicher auszudrücken, während er die Peitsche aus der Hand legte und hinzufügte: ›Durch die in die Wirbelsäule geschlagene Bresche stürzt täglich die Super-Existenz der Genies, die der Menschheit durch ihre völlige Entwicklung zur Qual würden, in die Vergessenheit und schrumpft zu einem Nichts. Man könnte die einsamen Laster die eigentlichen sozialen Genüsse nennen. Wenn die Liebe auf offener Straße stattfände, im Angesicht aller, wären die Gesundheit und die Hygiene der Stadt unangreifbar. Die Onanie ist trotz allem eine soziale Tugend der Zuchtwahl. Ein Ausleseverfahren.

Das Problem, die Menschen zu vereinigen, ist immer groß gewesen. Eine unlösbare Aufgabe. Die Genies waren anspruchsvoll, gnadenlose Individualisten. Ihre Bestimmung war es, die anderen Menschen zum Schlachthof zu führen und schließlich einsam zu werden wie die Gebirge. Die Masturbation hat den Halbgöttern ein Ende bereitet. Anders hätten sie in unserer Zeit nicht leben können. Sie haben sich ›zivilisiert‹. Die Frauen, die die vereinigten Todsünden sind, fanden sanftmütig Eingang durch ihre Augen und legten sich in die Ruhekissen ihrer Kleinhirne zurück. Die Masturbation brachte sie so weit und ließ sie hinabsteigen auf eine Ebene, die allen Sterblichen gemeinsam ist, und sie wurden wieder so groß wie zu Anfang, aber glanzlos. Heute gleichen sie militärischen Denkmälern aus grauem Stein von einer gewissen zwitterhaften und primitiven Autorität, aber gegenästhetisch. Sie stellen ihre große Härte in den Schatten der Nacht und ihre widernatürlichen Kanten in den

Weg des Zarten, des Guten und des Schönen. Das ist ihre Rache. Und so haben sie es mir erzählt, wenn ich ihnen die Beichte abnahm und es mir gelang, ihnen die Seele aus dem Leib zu reißen, wie man dem Schlachtvieh gewaltsam mit dem Messer die Haut abtrennt.‹

16. Januar 18 . .

Mit zwanzig Jahren wurde sie die Geliebte eines Malers. Der Beruf lohnte sich nicht. Es fehlte ihr an Enthusiasmus. Sie brach ihre Arbeit mit derselben Ernsthaftigkeit ab, mit der sie sie an einem Regentage, an dem sie mit dem Künstler ins Bett ging, um keine nassen Füße zu bekommen, begonnen hatte, und zog sich nach Bougival zurück, um einen Blumenladen zu eröffnen. In Bougival war ihr Geschäft ein nutzloser Luxus. Die Stunden gingen in der Erwartung eines Kunden dahin, und ihre Tochter wuchs heran. Der Künstler schickte ihr zur Erinnerung monatlich achtzig Francs, die sie mit der Lust der Kurzsichtigen in vier wöchentliche Raten aufteilte. Die alte Blumenhändlerin ging jeden Dienstag zur Post, um die Überweisung abzuholen. Das Haus blieb unter der Aufsicht ihrer Tochter, die dem einen oder andern an diesem Tag ein Stelldichein gewährte. Auf diese Weise erfuhren wir ortsansässigen Jungen, daß Anita einen Ausschlag auf der Schulter hatte. Das Mädchen bereitete sich auf seine Zukunft vor, indem es die Geschenke der Bewunderer ihrer Hautkrankheit hegte. Ihr gefielen die Kämmchen für fünfzehn Francs in ihren Haaren. Anita verschwand, ohne sich zu verabschieden. Die Mutter bemerkte ihre Abwesenheit am Dienstag, weil niemand da war, der auf das Haus hätte aufpassen können.

Eine unbestimmte Furcht ergriff sie. Sie ging nicht mehr aus. Sie ließ sich vom Briefträger die zwanzig Francs in den Laden bringen, und da sie nichts zu tun hatte, vertrocknete sie, genauso wie ihre Pflanzen, ohne Luft und Licht.

Die Romanschreiber übertreiben, wenn sie die Figuren ihrer Erzählungen durch eine Katastrophe, durch einen Brand oder durch ein Verbrechen ihr Ende finden lassen. Sie glauben nicht an den Erstickungstod durch gleichförmige Tage. Die Blumenhändlerin war nicht erhabener als eine vertrocknete Alge. Ihre Sachen, ihr Haus und ihre Person, in einem einzigen Schema und einem einzigen Ton, erinnerten, weil flach und leblos, an die Hintergründe von Sepia-Landschaften, derer sich alle Berufsphotographen bedienen.

26. Januar 18 . .

Die Kinder der Degenerierten leben früher als andere Kinder. Sie haben seit Jahrhunderten gelebt. Die Gesundheit bedeutet für uns nichts anderes als normale Zeit. Eine kaputte Uhr geht schneller als eine heile. Sie lebt mehr. Die Kinder der Anomalen haben als Hypothek in ihren Eltern gelebt. Sie werden alt geboren. Sie werden gescheit bis zum Wahnwitz geboren. Sie werden vernünftig bis zur Stummheit geboren. Sie haben im Leib ihrer Mutter, im Blut ihres Vaters Jahre und Jahre in einem erschöpfenden Sensualismus gelebt. Sie werden mit schweren und glatten Köpfen geboren. Ihre Augen sind schon welk, als hätten sie viele Landschaften von Corot gesehen und als wäre das Grau ihre planetarische Farbe. Sie haben müde Hände und beißen die Brust ihrer Mütter. Sie sind frühreife Liebhaber. Sie sind Kinder der großen bis ins Mark Erschöpften, sie sind weise Kinder.

So war die Tochter eines Nachbarn seltsam, die vor den anderen rachitischen Kindern in Bougival sterben sollte. Mit einem Jahr sprach sie mühelos. Sie war ein übertreibender Geist. Die Dinge interessierten sie nicht wegen ihres Seins, sondern des Eindrucks wegen, den sie hervorriefen. Sie faßte sie nicht an. Sie strich mit der Hand darüber.

Geräusche beunruhigten sie. Sie horchte ängstlich und aufmerksam. Sie besaß ein eindringliches Gefühl für Geräusche, so wie es die Seeleute empfinden müssen, die auf dreihundert Seiten das Drama des Windes beschreiben möchten. Die ersten Wörter, die sie aussprach, waren Adjektive. Die einzigen. Sie erkannte die Dinge an ihrer Qualität. Sie nannte das Wasser ›kalt‹, sagte von der Milch ›süß‹, sagte vom Brot ›hart‹. Und um genau auszudrücken, was angenehm war wie ein Apfel, ihre Mutter, ein hölzernes Pferd, ein silbernes Gefäß, alles was sie weinen machte, sagte sie ›schöön‹. ›Schöön‹ war das Zeugungswort der kleinen Sensitiven, die an einem Oktoberabend sterben sollte, wahrscheinlich weil sie ihr nicht all das geben konnten, was ihr anspruchsvoller Geist eines Wunderkindes interessant fand.

Sie starb, zufällig einen Tag nachdem ich sie auf meinen Armen zum Balkon getragen und ihr von ferne das Panorama von Paris gezeigt hatte. Als das fünfzehn Monate alte Kind es sah, wandte es sich mir zu und sagte, als wären wir einer Meinung:

– Schöön? . . .

27. Januar 18 . .

Bei Einbruch der Nacht stürzen sich wie eine Eberherde, die vor der reinsten aller Frauen – Diana – flieht, die von der Sinnlichkeit ausgelaugten und zerfressenen Verwaltungsangestellten, wie auf eine weitere Akte, die Satyrn, die Vampire und sogar der verschämte Päderast, in die anrüchigen Stadtviertel, suchen die Vorstädte auf und knöpfen sich, nach den Befestigungswerken spähend, die Hosen auf und pissen aufs Geratewohl gegen die Mauern, gegen die Bäume.

Sie warten auf den Komplizen, der nicht kommt und den sie verkleidet in dem Arbeiter vermuten, der, seinen Sack auf der Schulter, nach Hause geht; in der Kleinen, die einkaufen geht, oder in dem Jungen, der spät aus der Schule kommt, eingehüllt in den engen Mantel, den ein Tuchhändler so armselig wie möglich zugeschnitten hat. Der Junge hat blaugefrorene Hände, und die Wollüstigen sehen in diesen vom Elend entstellten Händen eine exotische Frucht, einen Erstling aus dem Süden.

An diesem Abend konnte ich mich auf keinen Stuhl setzen, unruhig wie ein Tier, aus Instinkt, ohne Ziel, wohin ich sollte, angezogen allein von den dunklen Straßen. Ich ging in das Viertel mit den Fabriken, die sich auf den der Seine abgewonnenen Überschwemmungsgebieten zu erheben beginnen.

Ein Geruch nach verbranntem Stroh, nach Mist, nach Ziegelbrennen, nach gerade abgeladenem Müll löste sich aus dem Schatten, der die Dinge allmählich verbarg. In einem Teich am Horizont war die Sonne untergegangen. Mir gegenüber eine große Fabrik. Die Straße zerschnitt sie in zwei Teile. Aus der entgegengesetzten Richtung, wo sich die Aufschüttung erhob, an deren Grenzen die Fabrik ihren Abfall entlud, kam ein Mann mit zwei großen weißen Pferden am Halfter.

Der Stallknecht ging vorbei, und hinter ihm ging,

seinen Schritt beschleunigend, ein schielender Mann mit einer Zinkbüchse auf der Schulter.

In einem Loch hinter dem Müll wühlte eine Frau, die noch ein Kind war, in der Erde. Sie begrub eine Keksschachtel, die zwei Taubenherzen, sechs von Stecknadeln durchbohrte Spielkarten, ein Stück Magnetstein und das Bild ihres Verführers enthielt.

In dieser schwarzen Landschaft war dieses Geschöpf glücklich und religiös.

28. Januar 18 . .

– Steig auf, Kleiner.

Der Kutscher forderte mich auf, mich an seine Seite zu setzen. Er fuhr nach Nanterre. Er hatte keine große Lust zu sprechen. Wir schwiegen also. Als ihm klar wurde, daß er mich aus irgendeinem Grunde auf seinen Bock hatte steigen lassen, drehte er sich um und sagte zu mir:

– Einzig ein Glas Wein enthält das wahre Glück. Der Rest, mein Kleiner, ist keinen Furz wert. Ist die reine Unzucht. Kennst du Marie Roger?

Ich tat, als wolle ich absteigen, der Erinnerung wegen.

– Deine Nachbarin Marie, die Frau von Nicolas, dem Schuster . . .

– Ja, antwortete ich.

– Heute morgen hat sie mich holen lassen. Ich

glaubte, um für sie einen Auftrag in Paris zu erledigen.

– Monsieur Raymond, sagte Marie Roger mit bekümmerter Stimme zu mir, Nicolas ist verrückt.

– Verrückt?

– Ich habe nach Ihnen geschickt, damit Sie ihn nach Paris bringen.

In ein Spital, sagte ich mir. Und wie es sich in solchen Fällen gehört, ging ich meinen Wagen holen. Mit großen Mühen gelang es uns, Nicolas zu überreden. Er erkannte uns nicht. Als ich ihm dagegen erzählte, er solle nach Paris, um seinen Bruder zu besuchen, sperrte er sich nicht mehr und begleitete uns.

Der Arme war ganz verrückt, ganz und gar verrückt.

Während der Fahrt stieg Nicolas, der mich nicht erkannte, aus, um einige Bekannte zu begrüßen ... Und als ich Marie fragte, wohin wir fahren sollten, antwortete sie mir:

– Fahren Sie, wohin Sie wollen.

Diese Antwort verwirrte mich. Vielleicht war auch sie verrückt geworden?

– Ja, fügte sie hinzu, fahren wir zum Beispiel zum Pont de Solferino. Wir kamen an. Auf dem Kai ein paar Bänke. Nicolas, Marie und ihre Tochter, die uns ebenfalls begleitete, stiegen aus. Sie setzten ihn zwischen sich. Dann baten sie mich, in der Nähe auf sie zu warten. Als ich mich entfernte, gingen sie auf Polizisten zu, die an der Tuilerienmauer dösten. Ich sah, daß sie ihnen Zeichen machten und von dem Verrückten sprachen. Die Polizisten näherten sich.

– Sie kennen ihn nicht? – fragten die teilnahmsvollen Polizisten die beiden Frauen.

– Nein, antworteten die beiden im Chor. Wir sind an diesem Mann vorbeigekommen und wir haben gemerkt, daß er wahnsinnig ist. Es ist gefährlich, ihn hierzulassen. Wer auch immer er ist, man muß ihn in eine Irrenanstalt einliefern.

Nicolas lächelte, als danke er für diese Absicht, und die beiden Wachmänner riefen eine Droschke, die gerade vorbeifuhr, und sie brachten den Verrückten ohne Personalien zum Spital.

So entledigten Marie Roger und ihre Tochter sich des Kranken. Der Staat wird sich seiner annehmen, bis er stirbt. Der Familie werden keine Kosten entstehen. Und da Marie Roger sich der Schusterei nicht mit derselben Gleichgültigkeit entledigen kann, hat sie sie behalten ... Siehst du nicht, daß alles auf dieser Erde eine einzige Schweinerei ist? Zum Glück zieht uns ein Glas Wein einen Vorhang vor die Augen.

Jetzt steig ab, mein Kleiner, und bevor du mich verläßt, werde ich dich zu einem Gläschen Weihwasser einladen.

Er ließ ein Gläschen Absinth kommen, das er mit der Inbrunst eines alten Priesters und der breitspurigen Liederlichkeit des Kärrners segnete. Seine Stimme hatte, wie die des Heiligen Julian, den Klang einer Bronzeglocke.

24. April 18 . .

Wenn der Sohn des Bürgermeisters sein Haus verließ, scharten wir Jüngelchen uns zusammen, wie die kleinen Hunde sich zusammenscharen, wenn sie die großen Hirtenhunde vorbeilaufen sehen. Wir empfanden einen uneingestandenen Respekt vor diesem Stipendiaten, der in Paris zur Schule ging und der bereits in seinem Alter von dreizehn Jahren die Ehre erlangt hatte, in ein Bordell gerufen worden zu sein.

19. Mai 18 . .

Nichts, keine Frau hat die Wollust meines Seins so geprägt wie dieses Mädchen von elf Jahren, das die vierzigjährigen Augen der Mutter und die Bewegungen einer seiner Tanten hatte, die sich in recht bäuerliche Farben kleidete und jeden Montag in Bougival eintraf. Die Frauen habe ich ausgequetscht wie eine Zitrone und sie dann weit weggeworfen. Die geheimnisreichsten habe ich verachtet wie die anderen. Einzig das Andenken an die Nachbarin — sie war immer ungreifbar wie die Erinnerung — verharrt in der Einsamkeit meines Ekels und meiner Verzweiflung. Sie ist die Patenfee meiner Empfindungsfähigkeit. Meine Einbildungskraft schießt wie ein schneller und spitzer Pfeil jenem Augenblick entgegen, in dem die intuitive Weisheit der Frau sie den Fuß auf einen Prellstein setzen ließ und mir das ganze andere Bein zeigte. Nie ist irgendeine Frau, niemals ist die Erfahrung irgendeiner schamhaften Geliebten der genialen Gebärde dieses Mädchens gleichgekommen, das ohne Notwendigkeit den Fuß auf einen Stein stellte und mir den rosafarbenen Rahm ihres Beines entdeckte, von dem es in der Seelenangst einer Frau sehr wohl wußte, daß es der kostbarste Schatz war, den es besaß.

Ich mußte zu meinem Regiment zurück. Ich konnte nicht länger bei dieser aufblühenden Frau sein, dieser verbrecherischen Taube, die ihrer Schönheit und ihrer Jugend die fleischige Blume ihrer Unschuld hinzufügte, die unter der Aufsicht des tragischen Gärtners des Instinktes zum Blühen gebracht wurde.

Wir waren Nachbarn. Am Tage vor meiner Abreise hörte ich morgens, von meinem Bette aus, wie sie sich zur Schule begab, und erfaßte allein mit meinem Gehör die ganze Wollust ihrer Bewegungen. Ich vernahm deutlich das Geräusch einer ihrer üppigen Brüste, die zu groß für ihren Busen war, wie sie sich von der anderen Brust trennte, die, wie

Jules Barbey d'Aurevilly anläßlich einer Jungfrau von Memling gesagt hat, die Voraussetzung der unbefleckten Empfängnis erkannt hatte, lange bevor die Kirchenväter sie erkannten.

4. August 18 . .

In den Familien, die bankrott gehen, wird auf einem Fremden, der mit dem Titel des Schwagers erscheint, das ganze Gewicht des Hauses ruhen. Parallel dazu sind immer die Onkel die legitimen moralischen Stützen der Familie. In der Mehrzahl unverheiratet, sind die Onkel und Tanten die Vertrauten ihrer Neffen, die Seelenmütter ihrer Neffen. Es gibt solche, die tief hinten im Hause vegetieren wie Möbel für jeden Zweck, aber es sind jene, die verschwunden sind, die Abenteurer, die einen größeren Nimbus ausstrahlen. Kaum wahrgenommen in unserer Kindheit, sind sie zu früh weggegangen. Die Erinnerung an sie verschwimmt im dichten Nebel der Vergangenheit. Die Kinder bewundern sie, ohne es sich einzugestehen, denn sie besitzen die magische Kraft, uns den wunderbaren Garten der Phantasie zu öffnen. Einige waren höflich, andere waren pervers, aber die meisten waren Verschwender. Frauenhelden, Leichtfüße, immer als Syphilitiker verdächtigt, sind sie die Don Juans ihrer Zeit. Ich habe einen Onkel gehabt, der in den Kämpfen von 48 verschwand. Er war der schönste

Sohn, der kräftigste der sechs Söhne meiner Großmutter. Sie verschwendete für ihn allein zwei Drittel unseres Vermögens. Wollüstig wie alle Erstgeborenen, die die Söhne der Liebe und des Gatten sind, ging er leichtfertig mit der Revolution von 48, wie einer zu einem Stelldichein geht. Eine Frau kam in der Nacht zuvor, um ihn zu besuchen. Mehr wußte man nicht von ihm.

4. September 18 . .

Noch eine Dämmerung. Die Traurigkeit erfüllt meine Seele, und mein Denken ruht fest in dir. Sieben Uhr abends. In diesem Augenblick nimmst du den Zug. Die Blicke der Reisenden folgen dir. Oh ja, ich weiß es gut! Kann es mir weh tun? Nein. Du bist nur ein langer Schatten, der durch mein Leben zieht. Ich werde dich nicht wiedersehen. Ich weiß es aus guter Quelle. Meine Augen, die dich begehrten, haben ihre Lebhaftigkeit verloren. So groß war ihre Anstrengung! Es bleibt mir keine Hoffnung mehr. Es schmerzt mich, denn du bleibst unvollendet. Kein Abenteurer wird die Kühnheit besitzen, die ich besaß, und das Glas zerbrechen, um dich zu berühren, um dich aus der Verzauberung zu wecken. Aber, tröste dich. Nach dem Sieg bin ich geblieben wie Pyrrhus. Ich habe meine Niederlage begriffen.

An diesem Abend, in dem ich versinke wie in einem Aquarium, gibt es in dem Blau des Himmels nichts als die Erinnerung an dich. Dein Parfüm zieht vorüber und ruft in mir die Tauben zurück, die man in unseren Morgendämmerungen hören konnte, vom Zimmer aus, in Beautiran. Erinnerst du dich an die Tauben, wie sie an unserem Fenster vorbeizogen, nur mit einem Flügel schlugen und flogen, als fächelten sie sich?

Diese Seite in dem Tagebuch meines Lebens ist unerklärlich. Ich habe sie mit solcher Zärtlichkeit geschrieben, als wäre ich einmal verliebt gewesen. Es erscheint mir als ein Frevel, sie in einem intimen Tagebuch erscheinen zu lassen, in dem wir uns in den Trost einüben, mit uns selbst schlecht von den andern zu sprechen.

12. September 18 . .

Man nannte sie die Spanierin. Ich lernte sie kennen, als sie schon alt, unansehnlich war. Als die Montijo Kaiserin wurde, kam sie bis nach Bougival, um sie zu besuchen. Eine vage Verwandtschaft verband sie. Deswegen erhielt sie eine Pension aus dem kaiserlichen Hause.

Sie war es, die den Tod meiner Mutter vorhersagte. Vor ihr lagen die Karten, ausgelegt als Malteserkreuz. Aber sie sagte die Zukunft nicht gegen Geld vorher. Nein, sie hatte höhere Ziele. Während die Universitäten behaupteten, daß der Graue Star sich nicht heilen lasse, triumphierte Mme de Salvadores als Augenärztin und heilte ihn. Im Süden Spaniens, wo sie geboren war, haben die Araber ihre vielen Augenkrankheiten hinterlassen, und es gibt dort, so scheint es, viele Leute, die imstande sind, sie zu heilen. Es ist eine Tätigkeit, die Gefühl voraussetzt. So wie es in den Vereinigten Staaten sechzig und mehr gesetzliche Klassifikationen des Negers gibt, gibt es auch feine Unterschiede zwischen der einen und der anderen Blinden. Mme de Salvadores war auf den Grauen Star spezialisiert. Ihre Hände besaßen ein gedämpftes Register, wenn sie auf den Augen ruhten, ohne Schmerz zu bereiten. Sie heilte den Grauen Star, vertrieb die Wolken, zerrieb sie, glättete sie.

Alles, was sie dafür nutzte, waren die Reste ihres Vermögens und ihrer Jugend. Sie hatte die Perlmuttstäbe der Fächer, mit denen sie in den Stierkampfarenen Andalusiens kokettierte, zu einem feinen Pulver zerrieben. Mit diesem Schmirgel, den sie auf die Hornhaut stäubte, glättete sie die undurchsichtige Schicht der Wolke, zerstörte sie, entfernte sie durch die Berührung, indem sie mit dem unteren Lid den Schonbezirk des Sehens rieb.

Mme de Salvadores hatte einen schwarzen Mond auf jedem Fingernagel und trug, während der Operation, Fäustlinge aus schwarzer Grobseide an den Händen, die mit Bändern aus karamellrosa Seide an ihren bloßen Handgelenken befestigt waren.

25. September 18 . .

Er stieg in dem Augenblick in den Eisenbahnwagen, in dem der Zug sich in Bewegung setzte. Er setzte sich mir gegenüber, und sein erster Blick hüllte mich in eine Atmosphäre von Verwirrung, die mich erst verließ, als ich allein zurückblieb.

Groß, blond, von zurückhaltendem Benehmen, das war seine große Harmonie. Seine Bewegungen glitten auf unsichtbarem Samt. Seine Arme machten kein Geräusch, wie die Augen, wenn sie sich unter den Lidern bewegen. War er verzaubert? Ich erlag dem Einfluß dieser Anziehung. Ich konnte mich seinem Reiz nicht entziehen. Während der Fahrt näherten sich seine Augen, und seine Lippen begannen sich zu öffnen. Wollte er zu mir sprechen? In dieser andauernden Unentschiedenheit, an dieser Grenze verweilte er zu meiner Beunruhigung. Ich wollte die Bande zerreißen, die mich zurückhielten. Ich hätte lauthals protestieren mögen, aber mit einigem Glück hielt ich an mich . . . Ich fühlte, daß meine Worte belanglos waren wie die einer Frau und daß meine Stimme hoch und flötend wurde wie die eines Fräuleins. Dieser Mensch verwirrte mich bis zur Angst. Schließlich senkte ich, aus Furcht, daß jemand diese weibliche Stimme, die in meiner Kehle zitterte, hören könnte, die Augen. Ich wollte der männlichen Herrschaft dieses merkwürdig anmutigen Wesens entfliehen. Es war eine unerträgliche Situation. Ich erhob meine Büßeraugen und sah in seinem Blickwinkel, daß meine Hände zart und rosig waren, daß meine Lippen rotgefärbt waren, daß meine Wäsche aus himmelblauer Seide war und daß meine Manschetten und mein Kragen mit Spitzen besetzt waren. So, in diesem unerklärlichen und meiner ganzen Vergangenheit fremden Zustand verbrachte ich den Rest der Reise.

Seine Lippen schienen sich zu lösen, um zu mir zu sprechen, seine Augen sich zu nähern, um mich zu verstehen. Kaum daß eine seiner Hände herabglitt. Kaum daß der Wind, der wütend durch das Abteil strich, seine Haare ein wenig zauste. Und als er sich entschloß, auszusteigen, und er einen letzten trägen Blick auf mich warf, sah ich, daß er mit einer eifersüchtigen Handbewegung die Strömung, das Parfüm und den Nebel mit sich forttrug, dem ich unterworfen gewesen war.

26. September 18 . .

Es gibt Leute, die Ansehen erlangen, indem sie ihr Gedächtnis mehren, und andere, die die Unordnung ihrer Vorstellungskraft genial macht. Meine Überlegenheit hatte keine anderen Hilfsquellen als die Beobachtung. Ich bin ein Produkt meiner selbst. Ich habe die Welt durch das kümmerliche Prisma meiner Augen gesehen. Ich habe mich keiner geliehenen Augen bedient. Und so kam es, daß ich mich durchs Beobachten, eine reflektive Form des Betrachtens, von meinen Freunden entfernte und meine Lehrer hinter mir gelassen habe. Zum Beispiel leitete ich durch genaue Beobachtung ab, daß ein Junge aus meinem Ort zum Päderasten werden würde, weil die Natur es so wollte. Die Natur hatte geschwankt, als sie ihn plante. Er kam mit acht Monaten auf die Welt. Alle Welt, vom Vater angefangen, der ihn auf seinen Knien reiten ließ und ihm so das männliche Empfinden der Lust verstellte, bis es im Inneren des Rectums zu Hause war, trug stillschweigend zu diesem Abweg bei. Zum Spaß streichelte ich ihm den Nacken und stimulierte, ohne es zu wollen, die Tätigkeit des Zentralnervensystems, die Freundinnen küßten ihn wie eine Frau, und er behielt seine kristallklare Stimme und seine kindlichen, melancholischen und (warum?) liebevollen Augen. Sein Daumen entstellte sich wie bei den Kriminellen, die nichts anderes sind als aktive Degenerierte. Nichts ist so platt und mangelhaft wie der Daumen der Sodomiten. Er beherrscht durch seine Entartung den Rest der gepflegten und femininen Hand.

Päderasten dürften nur vier Finger an jeder Hand haben.

1. Oktober 18 . .

Warum gefallen mir die Frauen, deren Gesicht in seinem Knochenbau etwas vom Schaf hat?

Kann das nicht an einer fernen Liebe liegen, vielleicht der eines Hirten, der nichts Schöneres entdekken konnte als seine Tiere und das Sternbild des Widders?

Weil einer meiner Vorfahren auf der Zinne einer Mauer starb, während die Mauer unter dem ständigen Angriff der römischen Sturmböcke zusammenstürzte?

Weil Watteau eine meiner Großmütter malte, die wunderschön war und ein Lämmchen in ihren Armen hielt?

Weil das erste Bild, das ich bekam, das von der Taufe Jesu durch den Heiligen Johannes war, und das Osterlamm als Zeuge diente?

Weil die Frauen, die eine hochgezogene Oberlippe haben, etwas Unschuldiges an sich haben?

Aus all diesen Gründen vielleicht und weil die Frauen, die längliche und mandelförmige Augen haben, unweigerlich wollüstig sind.

12. Oktober 18 . .

Einer meiner Schulfreunde hieß Gaston. Er war eines dieser merkwürdigen Wesen, die unter dem Anruf der Vergangenheit eines Tages eine dem Anschein nach überraschende Tatsache entdecken, die nichts weiter ist als das Ergebnis des stummen Nachdenkens ihres Instinktes. Es gibt Bücher, in denen die Kinder lesen, bevor sie die Buchstaben kennengelernt haben. Gaston war an seinem Alter gemessen alt. Seine Jugend war angestrengt und schwer wie das Leben eines Mannes zwischen neunundzwanzig und fünfunddreißig Jahren. Während die Kinder seines Alters unter Kattun, fern von frischer Luft, zwischen Seidenspitzen und Windeln schliefen, verbrachte er seine Jugend in den Unbilden des Wetters, im Schnee, in der Sonne, im Wind und im Wasser. Seine Mutter verkaufte Blumen. Eingeschnürt wie die Kinder der Eskimos hing er an einer Schulter seiner Mutter, während sie ihre riesigen Sträuße band. Die Stunden vergingen, ohne daß sie sich an das Kind erinnerte. Er war wie eine Holzpuppe. Zu Anfang weinte er. Die Tränen erweichten seine Mutter nicht. Die Blumen dagegen wurden sehr viel teurer. Seine Tränen dienten dazu, die Kunden anzuziehen und zurückzuhalten. Schließlich schwieg er, als ihm klar wurde, daß das Weinen ihm nicht half. Er beschränkte sich aufs Beobachten. Seine Augen weiteten sich. Er lernte auf seine eigene Art zu lesen. Manchmal waren es die gelben und roten Räder der Kutschen, die ihn beschäftigten. Andere Male war es das Eisengitter eines Gartens. Fast immer war es der vielfarbige Blumenkorb seiner Mutter, und, wenn diese ihn mit dem Kopf nach unten abstellte, der Bach, der den Rinnstein entlangfloß, die Hunde, die Absätze der Vorübergehenden, die Spitzen der Regenschirme, die Holzschuhe der städtischen Straßenkehrer.

Dazu verurteilt, sein ganzes Leben lang ein Kleinkind zu bleiben, wuchs er dennoch, eingezwängt von den Windeln und den ekelhaften Binden, die ihn quälten. Eine Schwester befreite ihn schließlich, als er drohte, nicht größer zu werden als die Apfelbäume in den japanischen Gärten. Der Saft, der nicht in die Zweige hatte steigen können, trieb sozusagen in seine Augen. Sie schauten nicht bloß, sondern sie photographierten, was sie sahen, und das war das ganze Vergnügen der Schule.

Als wir Kinder waren, oder Touristen – auch ein kindliches Stadium der Fortbewegung –, haben wir uns damit abgegeben, durch die Öffnung eines Kaleidoskops oder eines kleinen Fernglases zu schauen, in deren Inneres die Geduld der Sträflinge eine Ansicht des Kölner Doms, des schiefen Turms von Pisa oder des römischen Colosseums gezwängt hatte. In Gastons Augen erschienen auf unsere Bitten die Kutschenräder, die Hunde, die Blumenkörbe, die seine Kindheit beeindruckt hatten. Es war überraschend. Aber, o Logik der Natur! wenn die Mädchen, die aus dem Lyceum kamen, an uns vorübergingen, erschienen in Gastons Augen, ohne daß er das wollte, gegen seinen Willen, die Sträuße aus Rosen, aus Jasmin und aus Veilchen, deren Preis seine Tränen in anderen Zeiten gesteigert hatten.

4. November 18 . .

Die Franzosen sind der Ansicht, daß nur die Schlechten, das Schlechte aus jedem Land seine Heimat verläßt und in die Fremde geht. Sie haben mich mit dieser Meinung gefüttert. Aber es ist nicht wahr. Das Gegenteil geschieht.

Ich hatte eine Freundin aus Bordeaux, anmutig, von vornehmer Haltung. Ich glaubte, daß alle Frauen aus Bordeaux ihr glichen. Als ich in diese Stadt kam, fand ich, daß keine dort ihr gleichkommen konnte, geschweige denn an sie erinnerte.

Ich ging eines Abends in ein Bordell und lernte eine Belgierin aus Ostende kennen. Sie hatte so schöne Brüste, daß ich den Genuß des ganzen Hauses mir vorbehielt. Ich ließ die Türen schließen und suchte auf jede Weise in den lustvollen Besitz dieser unzugänglichen Brüste zu kommen. Als ich in Ostende war – im Glauben, daß die Frauen in dieser Stadt nicht weniger schöne Brüste hätten –, sah ich mit Trauer, daß nicht einmal die Mädchen von vierzehn Jahren so bezaubernde Brüste hatten wie die, die ich verlor, weil ich im Bordell von Paris Vorurteile verallgemeinert hatte.

Die schönste Frau, die ich gekannt zu haben glaube, war Dänin, aber da ich auf ihren rosigen Beinen ein paar weiße Würmer fand, bekam ich einen tiefen Abscheu vor Dänemark und seinen Frauen. Versehentlich, weil ich nicht recht wußte, aus welchem Teil der Erde sie kam, hatte ich vor mir, nackt, die Tochter eines dänischen Architekten. Es war die zweite schönste Frau, die ich kennengelernt zu haben glaube, und sie hatte an keinem ihrer Gelenke Würmer. Es hat also keinen Sinn, zu verallgemeinern.

Als Student ging ich in ein Bordell in der südlichen Vorstadt. Eine der Frauen war Engländerin. Eine wunderbare Kreatur für den Genuß.

– Was für ein schönes Tier!

Sie hatte den Beinamen ›Stern des Südens‹. Ihr Ruf ging über Stadt und Land. Die Bauern machten sich auf die Reise zu ihr. Waren die Engländerinnen so?

Nein, keine wie sie habe ich in England gefunden.

Auf dem letzten Tuilerien-Ball schien die Frau, auf die sich alles Verlangen konzentrierte, aus einem Kapitel von Balzac und einer Provinz Frankreichs zu kommen. Sie war eine dunkelhaarige Schönheit. Und betörend. Die Sonne des Südens hatte sie reifen lassen wie die Orangen. Aber vor allem machten sich ihr Wappen und ihr Adel und ihr blaues Blut bemerkbar.

Ich begegnete ihr später in einem Bordell in Sevilla, ihrer Geburtsstadt, und sie war die Tochter einer Zigarrendreherin.

Ich schloß aus diesem unendlichen Rosenkranz

von Widersprüchen, daß das Beste aus jedem Land emigriert, weil es sich überlegen fühlt und des nationalen Stempels nicht bedarf, weil es eine überragende Individualität ist. Sie sind also so viel wert wie eine Nation. Sie sind Nationen ohne geographische Wurzel. Sie haben die Wolken als Sitz, wie Jupiter sie hatte, um seinen Thron zu errichten und die Füße der Hebe zu verbergen, die sterblich war.

20. November 18 . .

Und der alte Kutscher stieg auf den Bock, auf dem er mich bereits untergebracht hatte. Das war der Befehl zum Abfahren. Ich schlug mit der Peitsche, und so fuhren wir los, ich, den Kutscher spielend, und er beunruhigt, als wäre er herabgewürdigt, indem er im voraus die traurige Lage eines Fahrgastes in Rechnung stellte.

Als wir durch eine Straße fuhren, hätte ich beinahe ein dürres Alterchen in der Uniform eines Landjägers überfahren. Und mein Freund nahm mir die Zügel ab mit jener Zartheit des Beichtvaters, die er noch aus seiner ersten Lebensphase bewahrt hatte, als er mit seinem spirituellen Daumen die Präexistenz der Jungfernhäutchen seiner Pfarrkinder prüfte. Zum Trost für das Vergnügen, das er mir entzog, erzählte er mir die Geschichte dieses unvollständigen Opfers, das wir hinter uns gelassen hatten.

– Als Waldhüter des Herrn von Croissy, als ich noch ein kleiner Junge war, sagte mir der Kutscher, hat dieser Mann, dem wir eben begegnet sind, es nie verstanden, Nutzen aus seiner Stellung zu ziehen. Sein Gewissen wurde immer durch seinen Beruf und durch einen merkwürdigen Vorfall behindert, der sich in den ersten Jahren seiner Tätigkeit ereignete. Beim Durchstreifen der Wälder sah er eines Tages durch ein Gebüsch einen Hirsch. Der schritt hoheitsvoll, als hätte er eine Ahnung von dem begeisterten Gewehr des gesetzlichen Jägers. Unser Held ließ sich von einer Beute, die die Seligkeit seines Herrn ausmachte, in Versuchung führen. Er erblickte viele Kilo Fleisch und dazu ein Hirschleder, mit dem er später die kupfernen Töpfe in seiner Küche reinigen könnte, und schoß. Er hörte einen Schrei. Seine Kugel hatte den Hirsch getroffen, der zu Boden stürzte.

Als er sich näherte, um ihn wegzutragen, wie groß war da sein Erstaunen, statt des Hirschs die Leiche eines Wilddiebs zu erblicken. Die braune Farbe der Hosen hatte ihn getäuscht.

Es war eine Tragödie. Und er gab alle Schuld seiner großen Vorstellungskraft. Die Vorstellungskraft adelt den Wilden und hat aus unseren hottentottischen Vorfahren Weise, Könige und Priester gemacht. Bei diesem Mann, der an der Grenze der Poesie lebte, hatte sie zum Verbrechen geführt. Er bereute es immer. Und sein Schmerz war um so größer, als er seinen Kindern diese geistige Hefe nicht reichen konnte, die Glück und Unglück der hervorragenden Menschen ausmacht. Eine seiner Töchter ließ durchblicken, daß sie einen Liebhaber hatte.

Wie seine Tochter zurechtweisen? Wie ihr das Gefühl für Anstand vermitteln, an dem es ihr zu fehlen schien? Dieser Mann mit seiner Vorstellungskraft kam auf den Gedanken, seine alte Landjägeruniform und seine beiden Auszeichnungen anzulegen: die Rettungsmedaille und die Medaille für fünfundzwanzig Dienstjahre, um mit allen äußeren Formen seiner Würde Eindruck auf das verirrte Schaf zu machen.

Und als die Tochter zustimmte, nach Hause zurückzukehren, genügten die Steifheit des Vaters, zwei oder drei Wörter, die über seine Lippen kamen, daß sie mit den Schultern zuckte, sich an ihre Schwester wandte und diese fragte, in welcher Jahreszeit eigentlich Karneval sei.

Mit derselben Gleichgültigkeit gegenüber den Formen hast du ihn beinahe überfahren, ohne darauf zu achten, daß er eine Landjägeruniform trug, und wenn es strafbar ist, einen Passanten anzufahren, ist es vielfach strafbar, einen Landjäger zu überfahren, auch wenn er nur so aussieht. Die Trachten, die die Welt uns tragen läßt, sind nicht schimpflich. Nein. Sie sollen unsere Vorstellungskraft anspornen, daß wir uns vor der strahlenden Erscheinung der ersten Tracht der Nation verbeugen: dem König.

24. Dezember 18 . .

Die Frauen hatten allmählich die Männer in der Fabrik ersetzt. So begannen die Frauen von Bougival, häßlicher zu werden. Die Frauen aus den armseligen Vierteln, deren Haare säuerlich riechen, da sie noch Gefallen an der hebräischen Lust finden, die Haare mit Mandelöl zu salben.

Es war eine Fabrik für Telephonhörer. Um sechs Uhr abends wurden die Werkstätten geschlossen, und die Frauen liefen in einer Reihe hintereinander zum Seineufer. Sie sangen, und wenn sie sangen, gingen sie hochbeinig und öffneten die Schenkel wie die Holländerinnen von Greemvaneco.

Und ich will sagen, warum sie sangen. Die erste Gruppe von Frauen bestand aus jungen Mädchen von siebzehn bis zu zwanzig Jahren. Eine von ihnen, die vertraute Gefährtin aller – sie ließen sie immer in der Mitte der Reihe gehen –, sie schien fast zu zerbrechen, so zart war sie, hatte ungefähr mein Alter. Sie hatte ein Auge auf mich geworfen, und ihre Freundinnen ahnten ihr Geheimnis. Ich wartete an einer Wegbiegung auf sie. Ich hörte das gemeine Gelächter näherkommen, die spitzen Schreie, die billigen Scherze dieser Mädchen, die stoßweise redeten wie die Maschinen, die sie den ganzen Tag hörten. Sobald sie mich sahen, schwiegen die Arbeiterinnen. Sie spielten die Unwissenden, und nur Isabelle sah mich an. Wie die Sonne, die gerade unterging, so lieblich war der Blick ihrer grünen Augen. Ein paar Meter weiter, auf einen Befehl, den sie nicht gab, endete die Erregung, und von neuem hörte man das Gelächter und die derben Reden, und von ferne . . . wandte sie den Kopf.

Eines Tages tauchte sie nicht unter ihren Freundinnen auf, und die Freundinnen, die die merkwürdige Herrschaft dieser einem frühen Tod Bestimmten spürten, schwiegen wie alle Tage und taten unwissend. Keine sah mich an. Ich erkannte die Wahrheit. Isabelle lag im Sterben.

Da ich mich einige Tage später entschlossen hatte, etwas über ihren Gesundheitszustand in Erfahrung zu bringen, stellte ich mich an die Wegbiegung und hörte, daß ein Gesang sich auf dem Pfade näherte. Die empfindsamen Frauen aus der Telephonfabrik hatten die tote Freundin durch einen Gesang ersetzt.

25. Dezember 18 . .

Ich erinnere mich an den Augenblick mit jener ebenso eitlen wie falschen Genauigkeit, wie sie die Zeugen eines beliebigen kriminellen Aktes an den Tag legen. Es war ein sonniger Tag, und der Lärm eines

Karrens, der auf dem Weg herankam, verletzte mein Gehör. Ich dachte an eine Frau, die im reifen Alter riesige Augen und die Farbe heller Trauben hatte. Ich fühlte, daß etwas von mir abfiel, sich löste wie ein Fuchspelz von der fühllosen Schulter einer sportlichen Frau.

Es war meine Unschuld, die fiel. Ich war drauf und dran, mich zu bücken und sie aufzuheben, und eine Trägheit, die mir die Gleichgültigkeit des geliebten Mannes, die mich auszeichnet, verliehen hat, hinderte mich an dieser Bewegung.

Ich kehrte nach Hause zurück und erkannte schnell an den Gesichtern derer, die mir nahe standen, die Größe meines Verlustes. Ich konnte nicht zurückkehren. Würde ich sie auf dem Wege wiederfinden? Der Nachmittag war vergangen. Ein Sommersturm hatte an der erleuchteten Plane eines Zigeunerzirkus gerüttelt, der in der Vorstadt aufgebaut war. Ein dichter, flüchtig gefallener Regen.

Ich zog es vor, zur Zerstreuung in den Zirkus zu gehen. Dic Linie des Schirms und des Seiltänzers verfolgen, die niemals eine gerade oder senkrechte Linie ist, dem Clown in der Manege folgen.

Ich kam frühzeitig an. Die Vorstellung hatte noch nicht begonnen. Vor mir zündeten sie die drei Reihen der Gaslampen an. Ein paar chinesische Laternen am Eingang und die Reihe der Ölgefäße auf der Kasse brannten schon.

Das Orchester: eine Trompete, eine Pauke, eine Klarinette, eine Violine und ein Triangel spielte einen Walzer.

Der Triangel gab den Takt. Und der Junge, der den Rhythmus schlug, hatte sein Instrument mit einem frischen Stück Sehne an einen eisernen Bogen des Paukenrandes gehängt. War das vielleicht meine Unschuld?

28. Dezember 18 . .

Mein Militärdienst war kaum der Rede wert. Ich war hintereinander in den Kasernen von Tunis, Zaghouan, Susa, und ich war ein Jahr nach Kairouan abkommandiert. Das ist die heilige Stadt der Araber, in Afrika. Eine große sarazenische Mauer umgibt sie noch immer. Um den Bahnhof herum ist der Fortschritt stehengeblieben. Zögernd entsteht das europäische Viertel. Der Fortschritt besteht aus einem Postamt, einem ›Hôtel de France‹ und ein paar Ziegelhäusern, in denen die Steuereinnehmer wohnen. Der ganze Bezirk ist mehrstöckig, und die voneinander getrennten Häuser erinnerten mich im Schatten der Dämmerung, die schnell über die Wüste fällt, an die weithalsigen Flaschen, in denen, drüben in Galards Friseurladen, die Blutegel leben, die mein Vater einmal in der Woche anzuwenden pflegte.

Man muß allen diesen Beispielen des Europäismus, die an den Rand dieses großen weißen Pferches der moslemischen Stadt gelagert sind, den Polizeiposten, ein Stadtamt, ein Café mit seinem melancholischen Billard und ein Bordell hinzufügen, das die Autorität und die Ordnung innerhalb der Prostitution repräsentiert.

Während meiner Dienstzeit lernte ich Moreau kennen. Er war wie ich bei den Zuaven. Gleichgültig gegen alle militärische Perfektion warteten wir auf unsere Rückkehr nach Tunis, indem wir vom Café des Corso Longobardi zum Bordell der Mme Flora wanderten. An beiden Stellen gingen wir aus und ein wie zu Hause. In der einen zogen wir die Jacke aus, in der anderen die Hosen. In dem Café spielten wir, um die Zeit totzuschlagen, Billard wie zwei Jungen. In Floras Haus spielten wir das Spiel, wer mehr Mann war.

Mein Freund Moreau war weder so groß noch so stämmig wie ich, aber die Natur hatte ihn besser ausgerüstet. Dieses Privileg lähmte gewöhnlich die Schwingen seiner Phantasie ein wenig. Nicht immer wollten die Frauen, die er sich ausgesucht hatte, mit ihm gehen. Sie trauten sich nicht, ihm zu Willen zu sein, ohne daß Flora, die auf den Spuren des Herakles nach Afrika gelangt war – denn vorher hatte sie ein Haus in Gibraltar geleitet –, es genehmigt hätte. Moreau war der Hausherrin vorbehalten.

In Floras Haus erschien ich neben meinem Freund, der ein Vertreter männlicher Brutalität war, auf den ersten Blick – und dieser Eindruck verstärkte sich später – wie ein zarter Mensch, der sich höflich wie ein Herr aus der Stadt den Frauen zuneigte und sich nicht wild auf die Beute stürzte, wie sich die Bauern neben die Puppen legen. Mein Freund Moreau kam immer betrunken in das Freudenhaus. Ich war darauf bedacht, in ihm trunken zu werden. Das Fleisch der Frauen war ein viel stärkerer und schärferer Alkohol als der Absinth. Noch wenn ich es gestehe, beschämt es mich, daß eine blonde Lothringerin mich durch ihre verborgenen Schönheiten nahezu krank machte. Ich war bis über beide Ohren verliebt. Ich machte Gedichte für sie. Das heißt, ich legte meine erste Waffenprobe ab.

Meine Gedichte waren keine Kinder des Traums oder des Verlangens. Sie waren die Blüte der Wirklichkeit, sogar der Befriedigung. So habe ich das Jenseits der Lust kennengelernt, ohne daß es mich viel kostete. Eine überdrüssige Prostituierte – der Ekel in den Bordellen ist so weit wie die Sahara – ist keine gefährliche Frau, sofern sie uns liebt. Ihre Liebe beschränkt sich darauf, uns kein Geld abzunehmen. Wenn sie uns dagegen welches gibt, treten die Gefahren der Frau zutage. Wenn wir sie vergessen, ist sie die erste, die zu ihrem Trost – so groß ist ihre Einsamkeit – einen anonymen Brief schreibt und uns bei der Polizei denunziert. Gerechtigkeit ist für die Frauen, die am Rande des Bettes und der Gesellschaft leben, eine teure Lust. Sie lieben die Gebärden und die tönenden und stolzen Worte der Tragödien Racines. Nicht weil sich in ihnen die Helden beklagen, sondern weil in ihnen die Vertreter der Autorität getadelt werden und sie dem Menschen trotzen wie der Dieb dem Richter. So beschimpfen sie die Vertreter der Autorität, und wenn die öffentlichen Mädchen sich lustig machen, dann immer über das Gesetz. Ich erinnere mich an den folgenden Dialog:

– Warum haben Sie den Beamten, der Sie festnehmen sollte, mißhandelt? Sie waren wegen Diebstahl angeklagt?

– Ich war betrunken.

– Das rechtfertigt Sie nicht.

– Wenn ich schwanger bin oder einen über den Durst trinke, fühle ich die Notwendigkeit, einen Polizisten zu verprügeln.

Yvonne war meine erste Liebe. Der Militärdienst war leicht für mich. Ich hielt mich fast nie in der Kaserne auf. Moreau stellt die einzige Erinnerung an diese Epoche dar, in der ich nichts tat. Es geschah also eindeutig aus Müßiggang, aus Ratlosigkeit, was ich tun sollte, so wie man eben immer liebt, daß ich die Lothringerin liebte, deren weiße Haut nicht den rosa und blauen Untergrund hatte wie sonst das Fleisch. Sie war lachsfarben, Lachssaft war es, der in ihrem Blut floß. So weiß, mit diesem so roten Wein im Innern, war Yvonne eine Marmorschale, die nur die Sklaven füllen und die Großen des Orients leeren dürfen. Sie war in Kairouan hängengeblieben. Ihr Liebhaber, ein Genie der Prostitution, hatte die Sache geplant, und sie hatte sich leiten lassen. Wenn die Frau, die in den Bordellen auf den Mann wartet, sich maßlos langweilt, wird den Liebhaber, den sie, um besser zu leben, seiner Arbeit nachgehen läßt, draußen, auf den Straßen, auf den Plätzen und in den Cafés derselbe Überdruß ergreifen. Er ist wie das Pferd bei den Stierkämpfen, das auf seine eigenen Eingeweide tritt. Dieser Liebhaber der Lothringerin, ein dunkelhaariger Marseillaiser, war wie wir, viel mehr als wir, zu Kairouan verurteilt. Er schlief, trank, irrte umher. Er war der Vertreter eines geheimnisvollen Kreises von Ex-Männern, den nur der Schatten der großen Städte erklären und begünstigen kann. Dieser Zuhälter, ohne Freunde, von allen verächtlich angesehen, war jedoch eine Erscheinung des europäischen Viertels. Er war ein so interessantes Beispiel der westlichen Zivilisation wie die Gestalt des Steuereinnehmers oder des städtischen Bevollmächtigten. Er stellte die Hoffnung des örtlichen Polizeikommissariats dar, vor das fast nie ein Ausländer als Angeklagter zitiert wurde. Sie waren immer die Ankläger. Dieser beschäftigungslose Zuhälter war dazu ausersehen, die Gesetze zu mißachten. Darauf wartete der Kommissar ungeduldig in der Trostlosigkeit seines Kommissariats, das ausgestattet war mit einem Schreibtisch, zwei Stühlen und auf dem Schreibtisch mit einer unberührten Protokollmappe und einem Gummisiegel, mit dem der allerhöchste Chef seine ›Briefe aus dem Orient‹ stempelte, denn so hatte der Feldmarschall von Moltke diejenigen genannt, die er an seine Schwester schrieb, als er sich für einige Tage, auf der Durchreise, in Konstantinopel befand.

Die Lothringerin lernte, wie eine verheiratete Frau, die Wollust der Gefahr kennen. Ich wartete darauf, daß der Kommissar sein Protokoll mit meinem Tod von der Hand des Marseillaisers beginnen würde. Überraschend rettete mich ein Araber.

Hinter einem für sein Alter zu entwickelten Mädchen geht, keiner ahnt wie und warum, immer ein Beamter der Sittenpolizei her. Dieses Mädchen ist der Köder, der die über die Stadt zerstreuten Wüstlinge anlockt. Die Kanzleichefs kennen sie. Diese Bürokraten, die der zwanzigjährige Umgang mit Akten und Geschäftsgängen steril gemacht hat, sind die Opfer der Sittenpolizei. Ebenso geht hinter einem Müßiggänger einer her, dessen Aufgabe es ist, ihn zu beschwatzen und in ein öffentliches Haus zu führen. Eines Abends, als ich auf der Terrasse der großen Moschee meinen Überdruß lauthals verseufzte, wie die Kamele, die in der Umgebung von Kairouan weiden, den ihren vergähnen, näherte sich mir ein Araber. Er war einer der Führer, die den Pilgern die Stadt zeigen.

Er schlug mir vor, mir ein arabisches Interieur zu zeigen. Der Christ darf sich nicht unter Moslems aufhalten. Trotzdem kann ein Christ, ohne daß das eine Sünde wäre, die arabischen Frauen mit unverschleiertem Gesicht sehen. Das war das Schauspiel, das mir geboten wurde. Ich nahm an. In dem arabischen Haus webten die Frauen. Eine von ihnen, schon etwas älter, verfluchte mich und meine ganze Sippe. Die beiden jungen lächelten mich an. Als die Neugier mich wieder zum Straßentor trieb, stieß ich auf den Führer, der mich erwartete.

Wie sieht's aus? sagte er zu mir. Ich erkannte an der Frage, daß er nicht meine Meinung über das Interieur, das mich nicht sonderlich interessierte, hören wollte, sondern über die jungen Frauen, die mich angelächelt hatten. – Sehr gut, die beiden, sagte ich ohne Begeisterung zu ihm. – Ein Franc, antwortete er mir. Ein Franc? Wie das? Du willst einen Franc?

– Ja. Sie können für einen einzigen Franc ein bißchen bei ihnen bleiben.

Ich hatte niemals etwas so Junges und so Billiges gefunden. Na, dann für einen Franc, sagte ich, und so lernte ich Gisèle kennen. Der Vater, denn der Araber, der sie mir angetragen hatte, war der Vater der beiden jungen Frauen, die mich angelächelt hatten, nahm nach einem Franc für die Vermittlung im Lauf von sechs Monaten die beträchtliche Summe von siebenhundert Francs ein.

Das Mädchen konnte noch keine Teppiche weben. Ich erwarb sie bis zu dem Tage, an dem ich nach Tunis zurückkehrte. Giséles Jugend, die Neuheit der Moslemin, die Zärtlichkeit des Schoßhündchens, die außerordentliche Hingabe dieses kleinen Mädchens von dreizehn Jahren betäubten mich. Yvonne wollte sich in Moreaus Armen rächen. So verlor er seine Haare in Floras Händen. Der Marseillaiser legte Feuer an die Vorhänge des Salons und wurde in Susa verhaftet. Das Kommissariat von Kairouan bekam ihn nicht. Das Kommissariat, das so nach ihm verlangt hatte! . . .

3. Januar 18 . .

Das Bordell von Susa war klein. Der Salon, in dem die Soldaten sich aufplusterten, hatte seine Wände auf Kosten der Nachbarzimmer ausdehnen müssen. Er hatte sie eingeengt. Ihre Türen ließen sich überhaupt nicht öffnen. Wenn das Haus auch für so viele Besucher klein war, so war unsere Geduld philosophisch. Was seine Gefahr vergrößerte. Es war verrufen. Und es war eine gewaltige, wunderbare Macht. Fünfzig, achtzig, hundert vom Verlangen gebeutelte Wesen, von Eifersucht, von Angst verunstaltet und hungernd nach Fleisch, an einem einzigen Ort zusammengerottet und alle auf dieselbe Sache wartend, vereinten sich zu einem einzigen furchtbaren Zyklop, den man sich auf die Zimmer der Frauen zubewegen hörte. Achtzig mit Essigsäure, Muskatnuß, Pfeffer und Gewürznelken parfümierte Männer bildeten einen einzigen Fleischköder, ein einziges drohendes und blindes Wesen. Man hörte ihre Köpfe gegen die Wände stoßen. Die Stühle barsten unter ihrem Gewicht, und das Geräusch des Wartens, sanft wie ein Öl, schnell wie eine Säure, drang durch die Ritzen, lief am Boden der Wände den Sockel entlang. Manchmal glich es einem Wasserstrahl, bisweilen einer Reihe von Ameisen und andere Male einem schwarzen Stacheldraht.

Habt ihr die großen, vom Meer eingezwängten Atlantikdampfer stöhnen hören? So stöhnte das Zimmer der Jüdin Esther, wenn unser Zwiegespräch sich hinzog und meine Lust sie die ganze Nacht in Anspruch nahm. Habt ihr von den Schatten der Verschwundenen sprechen hören, die über die Dachböden der Häuser wandern, in denen sie starben? So sahen wir die unruhige Silhouette der im Pferch des Bordells eingesperrten Böcke vorüberziehen. Es waren nicht endende Albträume, die meinen Schlaf im Zimmer der Jüdin erschütterten. Die Soldaten vom 46. Infanterieregiment vergaben es mir nicht. Unabhängig von ihrem Willen. Es war das Verlangen, mit offenem Hosenschlitz an der Mauer Alexandrias umherschweifend, das mit verabredeten Zeichen an die vier Wände des Zimmers schlug, um sie dann in seine mächtigen Arme zu pressen und mich in ihnen zu ersticken. Nach und nach überzeugten sie sich von der Nutzlosigkeit einer solchen Anstrengung und schlugen listig einen anderen Weg ein. Sie versuchten dann die Tür zu öffnen, deren Riegel sich nicht bewegen ließ. Diese Menge hatte keine Hände. Sie entlud sich an der Tür und stieß gegen sie. Die Tür war elastisch. Sie schien nachzugeben, um dann nur noch starrer zu werden. Ich verfolgte vom Bett aus den blutigen Kampf zwischen dem Holz aus der Zeder des Libanon und dem Glied des schweifenden Verlangens und bewunderte am Ende den Triumph der Tür.

Die Sonne schien schon durch die Spalten des verwüsteten Zimmers und der Hauseunuch schüttelte die Teppiche des Salons aus, die, vom Speichel verhärtet, den stachligen Blättern des Feigenkaktus glichen.

24. April 18 . .

Ich glaube an anderer Stelle gesagt zu haben, daß einer meiner Verwandten kurzsichtig und Augenarzt war und mit einer gewöhnlichen Angel, unterstützt durch ein Fernrohr, fischte. Die Kurzsichtigkeit verlieh seinem Vergnügen und seiner Absicht eine feine Mäßigung. Er war folglich pedantisch. Ich habe sein übertriebenes Gefallen an der Eleganz geerbt. Es ist ein zweifaches Vergnügen, zu sehen und deutlich zu sehen. Das Mikroskop ist meine wahre Linse. Der Winter, der mich an die Fenster des Salons brachte, um durch sie hindurch das elende Leben der in Schnee gehüllten Leute zu verfolgen, veranlaßte mich, vorsorglich mein Observatorium einzurichten. Ich reinigte die Fenster mit solcher Sorgfalt, daß sie danach vor lauter Durchsichtigkeit nicht vorhanden zu sein schienen. Die Fliegen, die von der Erfindung des Glases nichts wissen, kamen von der Straße an meine Fenster, um zu sterben. Ich habe sie deutlich sterben sehen, die eine auf der anderen, wie sie ihre Gattung durch eine vergebliche und sinnliche Geste fortpflanzen wollten. Der Winter tötete sie auf meinen glänzenden Scheiben, die so etwas waren wie ein Hinterhalt auf ihrem Wege. Und ich hinter dem Glas, um sie sterben zu sehen.

19. Mai 18 . .

Nach zwei Jahren der Abwesenheit habe ich heute bei der Rückkehr nach Bougival den Kutscher Raymond getroffen. Er war älter geworden. Sein Kopf ist unversehens weiß geworden. Das war ›der Schnee der Jahre‹, ein kitschiges und romantisches Bild. Aus seinen Haaren waren graue Schwämme geworden. Nicht die Zeit hatte ihn besiegt, sondern die Unbilden des Wetters.

Ihn nach seinem Leben fragen? Nein. Man liest leicht eine Zeitung von Anfang bis Ende, aber vor einem ganzen verschnürten Zeitungsjahrgang ergreift man die Flucht . . . So erschien mir Raymond. Wie ein riesiges Papierbündel und ebenso umfangreich wie weise.

– Was hast du erlebt? fragte er mich seinerseits. Mein Leben, das kaum eine Zeile in dem Notizbuch des vagabundierenden Kutschers ausmachte. Was bringst du uns aus Afrika mit?

– Die Syphilis, antwortete ich ihm kurz.

Raymond fand diese Bemerkung ganz natürlich. Es hätte ihn wohl verwundert, wenn ich mit leeren Händen aus Afrika heimgekehrt wäre. Aber hätte ich diesem großartigen Beichtvater das innere Drama verbergen können, das der Beweggrund der allerhöchsten Kunst ist, das wilde Tier und der christliche Märtyrer im Zirkus der Seele?

– Und was willst du mit ihr anfangen? sagte der alte Dickhäuter hämisch zu mir.

– Ich habe die Absicht, ein Buch zu schreiben . . . Ein Buch, das so etwas wäre wie das Symptomregister der Syphilis und den Ärzten und Literaten als Informationsquelle dienen könnte. In dieser Dämmerung hat die Vorstellung von einem Buch an meine Tür geklopft und ich habe mich von ihr besiegen lassen, als wäre sie bloß eine Frau mehr ... Auch wenn das Buch der größte Schimpf wäre, den ein origineller Geist sich antun könnte.

Ich möchte ein Buch schreiben, Raymond, in dem die Phantasie meiner Krankheit in schillernden Farben aufschiene ...

– Ein einziges Bedenken könnte dich davon abhalten, erwiderte der gutmütige Kerl, daß nämlich die Frauen dich auf Grund des Buches verlassen. Aber das wird nicht geschehen. Die Frauen lieben die Lasterhaften mehr als alle anderen. Wenn du zugibst, daß du an dem leidest, was unsere Gattinnen ›eine schlimme Krankheit‹ nennen, wirst du wieder wissen, was es heißt, geliebt zu sein. Du wirst, stolzer Eroberer, die Anziehung einer weiteren Gefahr besitzen. Bis heute hat dich allein die Möglichkeit, von dir geschwängert zu werden, zum Verführer gemacht. Morgen wird der neue Zauber eine neue Lust erzeugen: die, zur Syphilitikerin zu werden. Es wird die vierte Lust sein, die ich bei Frauen kenne. Ich kannte nur drei: die Lust, abzutreiben, zu menstruieren und die Lust an der Kanüle des Irrigators.

– Ein Symptomregister, hast du gesagt?

– Ja, die schlängelnden Windungen, denen die Liebe und die Syphilis schon in mir folgen. Die eine ist nichts als Reinheit. Die andere ... wie soll ich sie bezeichnen? ...

– Nenne sie den Ruhm Don Juans. Und wenn du den Mut hast, das Berufsgeheimnis deines Lebens zu verraten, dann zögere nicht, eben diesen Don Juan zum Helden deines Buches zu machen. Stell dir vor, wie schön diese Geschichte wäre ... Das einzige, was Don Juan, der der griechische Phallus der katholischen Frauen gewesen ist, fehlt, ist die Syphilis ...

– Ich werde darüber nachdenken, entgegnete ich und stieg, entschlossen, den ersten Monolog zu schreiben, vom Bock.

29. Juni 18 ..

Ihr werdet nie wissen, wie tief der Abgrund ist, wenn ihr euch nicht vorher über den Rand eines eigenen Schankers gebeugt habt. Die kleine Höhlung, die ein stummer Arbeiter in das harmlose Fleisch gemacht hat, stellt die schwarze Tiefe der Ewigkeit dar. Auf diese Weise gezeichnet sein, mit einem Krater im Leib, einem Krater, der sich bequem mit Watte bedecken läßt, ist der Beweis, die Schönheit Gottes verdient zu haben, der Edelsteine auf den Weg streut und andere Wege unbeschreitbar macht. Es ist nicht meine Schuld, daß ich solche Ehre erworben habe. Die Nasenscheidewand meines Sohnes, die die Syphilis zerstören wird, wird ihn Sokrates ähnlich machen, zum Wohle der Bildhauerkunst von morgen. Der Sohn der Hebamme

Athens hat keine Schriftwerke hinterlassen, die an ihn erinnern. Wir kennen nur seine Büste. Die Zeit hat sie verschont. Seine platte Nase war unzerbrechlich. Die Nase verschmolz mit dem Steinblock. Sie wurde eins mit der Masse. Die erbliche Syphilis, sagen die Gelehrten heute, hatte ihn um die Nasenscheidewand erleichtert. Was seine Häßlichkeit während des Lebens ausmachte, sollte dazu beitragen, ihn unsterblich zu machen. Warum sollte er die Bibliotheken mit seinem Genie belasten? Die steinernen Sokratesköpfe, die keine scharfen Kanten besitzen, auch keine zerbrechlichen Teile, sind den Jahrhunderten, den Bilderschändern und den Philosophen zum Trotz erhalten geblieben. Für Sokrates war es genug, Syphilitiker zu sein, um recht zu behalten.

4. Juli 18 . .

– Sieh mal; der Typus des Don Juan, den du in dem Buche, mit dem du uns drohst, festhalten willst, kann an einen Mann erinnern, der Beichtvater war und den es mir nichts ausmacht, dir heute, als Kutscher, nackt und bloß vor Augen zu führen.

Es war nicht der Don Juan, der sich Lauzun nannte und mit der Schwester Ludwigs XIV. ins Bett ging. Es war ein großgewachsener Mann mit majestätischem Gang, kastanienbraunen Haaren und grünen Augen. Ihm fehlte die Ausdrucksfähigkeit.

Keinem wäre er durch Exotik aufgefallen. Man hätte auch nicht sagen können, daß er von schöner Gestalt oder daß seine Kleidung elegant war. Er war ein Mann – ganz einfach ein Mann – weder verführerisch noch abstoßend. Er zog sich frühzeitig in seine Junggesellenwohnung zurück. Seine Nächte erschienen ihm lang. Unter dieser äußerlichen Ruhe alterte der Verführer von ehedem nicht. Er hatte sein ganzes Wissen konzentriert und war verschwiegen und furchtbar wie die in der Ferne des Brachlandes oder unter den Bäumen des Krankenhauses verlorenen Laboratorien.

Was hätte dieser Don Juan in der Stille seines Lebens tun können? Ganz für sich schreiben und träumen. Er häufte die Zeit auf die Briefe. Er gab sich mit Entwürfen ab, die er sich selbst vorlas und in die er sich verliebte. Dann kopierte er sie und bereicherte sie mit Adjektiven, ausgehend von einer fixen Idee von diesem Mann, der über einen vielleicht nicht sonderlich reinen literarischen Stil verfügte, der ihm aber zu den Bildern verhalf, derer er bedurfte, da ja ›die Frauen – sagte er – Vögel sind, die man mit Metaphern jagt.‹ Dieser der Täuschung schuldige Magier besaß die außerordentliche Unbefangenheit, seine Briefe mit einer Träne zu siegeln, die ihm die Einsamkeit seiner Nächte entlockte. Eine solche Anstrengung mußte zweifellos den nichtssagenden Zauber seiner Billette vergrößern und die Schauspieler ins Recht setzen, die auf der Bühne wirkliche Tränen vergießen.

Nach dem Schließen seiner Sendschreiben öffnete der Hagestolz sein Fenster, um dem Pulsschlag der Nacht zu lauschen. Bis zu diesem Augenblick war sein Schlafzimmer hermetisch verschlossen. Er schrieb lediglich in der Haft seines Arbeitszimmers. Es hätten ihn bei seinem Bemühen die Augen von Fremden sehen können, und er hätte seine Liebestränke zu billig verkauft oder wenigstens an Ansehen verloren, denn er wurde beim Schreiben besinnungslos. Jeder seiner Briefe enthielt wie die ›Peau de chagrin‹ viel von seiner Seele und eine große Zueignung seines Geistes. Seine Briefe waren die Verlängerung seiner Person, und er konnte sich keinem Scheitern ausgesetzt sehen. Er pflegte den Frauen zu sagen: ›die Papierschnipsel sind aus unseren Seelen geschnitten‹, denn wenn seine gesamte Korrespondenz zusammengetragen worden wäre, hätte seine Seele sich als Ganzes hergestellt, gleich einer etruskischen Szene in der Rekonstruktion einer antiken Vase.

9. Juli 18 . .

Hat mein Vater womöglich daran gedacht, etwas aus mir zu machen? Ich weiß es nicht. Ich war siebzehn Jahre alt und kam nur zum Essen und Schlafen nach Hause. Den Rest des Tages verbrachte ich am Ufer des Flusses oder bei den Nachbarn. Nicht weil ich sehr gesprächig war. Es geschah, um ins zivilisierte Leben zurückzukehren, sofern es angenehm ist.

Hin und wieder starb jemand im Ort gegenüber, der Croissy war, wohin ich gelegentlich mechanisch ging, indem ich die Brücke, die vom Herzen Bougivals ausgeht, überschritt. Der Ausrufer verkündete den Todesfall und schloß mit einer heiteren Bemerkung. Dieser Mann, dessen Amt verschwindet, tat, was er konnte, um das Wohlwollen der Einwohnerschaft zu erringen. In der Gruppe von Neugierigen, die sich zu seinem Trommelwirbel einstellte, verfehlte der Scherz des Ausrufers nie seine Wirkung.

Es waren nicht immer bekannte Leute, die starben. Meistens waren es Frauen, die ihr Leben im Schatten ihrer Läden verbrachten und die in ihren letzten Jahren weder ihre Zimmer noch ihre Betten verlassen hatten. Wenn ich die Augen zu den niedlichen Fenstern der kleinen Dörfer erhob, habe ich viele von diesen Trampeln überrascht, die nie herauskamen, um sich auf der Straße zu sonnen. Farblose Alte, die meisten von ihnen, die den Gebrauch des Kammes nicht kannten und ihre Haare mit bestickten Bändern zurückhielten, wie es 1830 Mode war. Einige waren schlank und schlaff und andere hatten platte und unförmige Gesichter wie Schwester Anne, Blaubarts letzte Frau, weil sie so angestrengt Ausschau gehalten hatten.

Diese Frauen starben häufig zwischen ihrem neunzigsten und fünfundneunzigsten Jahr. Die offiziellen Statistiken der Rathäuser könnten mich nicht widerlegen. Wesen, die so viele Jahre gelebt hatten, erregten mich. Ich fehlte nicht auf ihren Begräbnissen. Ich folgte respektvoll, als wäre ihr Weg der Pfad der Peripathetiker, und machte mir Gedanken, ob diese Reisenden nicht einen Tag gekannt hatten, der erfüllter gewesen war als die anderen, und ob die Jahre ein ständiger Blätterfall der Seele gewesen waren, ohne vielleicht den Jahrestag ihrer Geburt hervorzuheben. Diese verächtlichen Hundertjährigen, die starben wie die Orangenbäume, hohl in ihrer Rinde, erwarben im Sterben ein gewisses Etwas, das mich bewegte, so wie die wehklagenden Orgeln der Kathedralen mich bewegen.

Wäre das die Lust des Lebens, die sich in meine Befriedigung verwandelte, zu wissen, daß diese Alten nicht mehr in ihm herumfummeln würden? Wäre sie der Dolmetsch der späten Rache der Erde, die mein Glück erregte, der Erde, die diese schon geheimnisvollen Alten in ihre Geheimnisse hüllen würde? Ich weiß nicht, was es war. Aber mit der Vorahnung meines frühen Endes, die ich hatte, erfüllte mich der Tod dieser Frau mit soviel Lust, wie es mich unglücklich gemacht hätte zu wissen, daß meine denkwürdige Jugend eher als das Gerümpel der Jahre, diese wurmstichige Kommode auf den Speichern der Häuser meines grauen Städtchens, verschwunden wäre.

Ich bin bewegt auf ihre Begräbnisse gegangen. Diese Alten zersetzten das Leben. Sie tranken mehr Luft als die Jungen und hielten in ihren Häusern zusammen mit dem Vermögen, mit den Einkünften, der Ruhestandszahlung oder der Staatspension den eigensüchtigen Geist eines Wesens zurück, das nicht kämpft und das, wenn es besiegt ist, sich in einem Zimmer einschließt wie in einer Festung, und vor allem bewegten mich diese Frauen, weil sie neunzig Jahre lang Jungfrauen gewesen waren. Viel länger als Jeanne d'Arc. So lange wie eine Statue der Jeanne d'Arc.

18. Juli 18 . .

Im allgemeinen gingen die Fahrten, die mich der Kutscher machen ließ, vom Stall bis zum Mont Valérien. Glücklich wie die Morgenröte brach der Wagenlenker nach Paris auf und stellte fröhliche Berechnungen über die Trinkgelder des Tages an. Aber in einer Winternacht fand ich ihn auf der Straße von Chatou nach Rueil, die der Seine, wie trunken, folgt, so viele S-Kurven zeichnete der Wagen. Sehr unwillig gab er mir Platz auf seinem Bock. Er redete allein. Nach einer Weile, um mir die Ursachen seines Mißmuts zu erklären, sagte er mit einer Fuselstimme, heiser vor Wut, schulmeisterlich, wobei er die Zügel fallen ließ, was bei einem Kutscher das äußerste Zeichen von Verwirrung ist:

– Wenn einer durch die Kanalisation oder durch die städtischen Leitungen in einen Juwelierladen eingedrungen ist und die Fliesen angehoben und die Wände durchbohrt sind, dann ist der Urheber des Diebstahls ein Buckliger.

Im 4. Jahrhundert gab es eine bestimmte Rasse von Buckligen in der Geschichte des byzantinischen Reiches. Heute ist das eine Rasse, die nur noch atavistisch auftritt und fast ausgerottet ist. Die wenigen Exemplare leben bei Nacht und unter den Tunnelbögen.

Wenn die Signallichter rot waren und grün werden und zwei Züge aufeinander zurasen, dann weil der Bucklige aus der nahegelegenen Bruchbude sich mit dem Krachen der Wirbelsäulen unterhalten wollte, mit dem ungeheuren Entsetzen der Achsen, die in einer Geometrie des Schreckens mit ihren Kanten den irrealen Punkt der Lokomotive und die fühllose Parallele der Gleise verheeren. Es ist der Bucklige, der sich das opferreichste Totenfest geleistet hat und der auf dem Weg über das Grab hier und da den Saft der Hirne schlürft, die zwischen den Funken des Feuers, das entsteht, großen, von selbst aufgeschossenen Pilzen gleichen, auf einem See von Blut, auf dem die Tabletts des Speisewagens treiben und wo, aus dem kleinen Teich, die silbernen Griffe der Zuckerdosen auftauchen. Der Bucklige macht sich einen Spaß daraus, sie zu retten, während die Oberfläche der Flüssigkeit nach dem verhängnisvollen Gesetz des Toten Meers gerinnt.

Rom und Griechenland brachten die Buckligen bei der Geburt um. Die Könige des Mittelalters banden sie mit einer schweren Kette an die Füße des Throns, um sie toben zu hören und um das Toben der unzufriedenen Völker nicht zu vergessen. Der Bucklige ist das Zeichen des Aufstandes. Der Bucklige ist das fleischgewordene Scheitern und sein Haß wächst im Verhältnis zu seiner geringen Größe. So groß war der Widerwille, den sie bei den Königinnen hervorriefen, daß diese, wenn sie schwanger waren, die Buckligen mit Teer bestrichen und Fakkeln aus ihnen machten. So wurde das Feuerwerk erfunden ...

Der Kutscher schwieg einen Augenblick. Ich fand ihn zufriedener, wie einen Asthmatiker, der wieder hat Luft holen können. Und er fügte hinzu: Ein Buckliger hat mich an einer Straßenecke angeschmiert, und weil er so klein war, habe ich ihn nicht abhauen sehen. Er ist weg und schuldet mir neun Francs ...

29. Juli 18 . .

Die katholische Liturgie hat die Frau erobert. Sie ist die Lerchenfalle, und was immer diesen hochgestimmten und leuchtenden Ton der Religion annimmt, muß sie notwendigerweise leicht erobern. Deswegen war ich immer geziert und förmlich. Und es gibt noch einen anderen Grund: meine lateinische Rasse – ich spreche französisch, aber ich zähle meine Geliebten auf italienisch – ist auf dem Grunde ihrer sarazenischen Trauer feierlich. Die Syphilis ist eine höfische Krankheit, und ich muß mich ihrer Ästhetik verpflichten. Sie ist mit betörenden Umgangsformen zu mir gekommen. Eine Frau, mehr brauche ich nicht zu sagen, hat sie mir mit derselben Anmut und Eleganz gebracht, mit der die Frauen auf ihren schlaftrunkenen Brüsten die Tauben der Aphrodite tragen.

9. August 18 . .

Meine Nächte sind bruchstückhaft. Nie habe ich die ganze Nacht durchgeschlafen. Ich habe Schlafstörungen, die nicht zu Schlaflosigkeit werden. Sie unterbrechen diesen liebevollen, literarischen Tod des Schlafes und ermöglichen mir dann gutwillig, die Fäden des unabgeschlossenen Albtraums wieder aufzunehmen.

Diese Schlafstörungen reichen in meine Kindheit zurück. In der Jesuitenschule, in der ich unterrichtet wurde, als meine Mutter starb, verpflichtete uns zu willkürlicher Zeit, immer nach Mitternacht, ein

Glockenschlag, uns in den Betten aufzusetzen und ein Credo zu beten. Dann konnten wir die unterbrochene Ruhe fortsetzen.

Zu Anfang des Schuljahres bedeutete dieser Brauch für mich und meine Mitschüler so etwas wie eine Marter. Daher stammt der Tick, der meine erwachsenen Nächte in Unordnung gebracht hat. Was meinten diese Glockenschläge zu einer so sinnlosen Zeit?

Wenige Jesuiten wären imstande, das Geheimnis aufzuklären, aber einer der Ehrwürdigen Väter hat mir seinen Ursprung erläutert:

Als die ehrenwerte Gesellschaft Jesu im Vizekönigtum des Río de la Plata ihre Niederlassungen besaß, die so blühend waren, fanden die Indios, die unter ihrer Vormundschaft standen, erschöpft von der schweren und erdrückenden Arbeit, keine Wonne im Vollzug der Ehe. Sie hatten auch keine Nachkommen. Sie ruhten an der Seite ihrer gesetzmäßigen Gattinnen, ohne ihnen die versprochene Liebkosung zu gewähren. In dieser Gegend, die ihrer Fruchtbarkeit wegen an das Paradies denken ließ, stellte sich das Problem des Geburtenunterschusses.

Ein Bruder kam auf den Gedanken des Glockenschlages nach Mitternacht, um dem Übel abzuhelfen. Der Indio erhob sich, gestärkt durch die Stunden seines Schlafs, und wenn er sich nach dem Rosenkranz, den sie gemeinsam beteten, wieder niederlegte, fand er die Frau, entdeckte sein Interesse und sein Verlangen.

Die Glocken der Jesuiten lassen den merkwürdigen Glockenschlag für Verheiratete immer noch für Junggesellen erklingen, die das Keuschheitsgelübde abgelegt haben und unverändert den Kopf zwischen den Schultern vergraben. Ihre Schlafstörungen sind des dritten Höllenkreises bei Dante würdig, es sei denn, man könnte einen noch furchtbareren Ort erfinden.

11. August 18 . .

Ich erwarte eine schlechte Botschaft. Alles, was sich mir nähert, scheint sie mit sich zu bringen. Da ist sie in den Schritten auf dem Hotelkorridor. Einer, der es nicht gewagt hat! . . . Die Feigheit des Läufers endet plötzlich vor meiner Tür, und schon verrät sich der Botschafter. Da ist er. Wer ist es? Ist er groß und mager wie ein Gespenst, nur mit einem Laken bedeckt? Er muß beleibt sein, denn er streift die Wände. Er geht über den Flur. In der Ferne weint ein Kind. Es hat Angst. Es ahnt wie ich die Gefahr und weint trostlos. Der Unbekannte, der auf dem Korridor ist, hat ihm den Schädel zerquetscht, dessen Nähte noch nicht zusammengewachsen sind, und man hört Ebbe und Flut des ungenauen Gehirns. Dieses Kind muß dieselbe Luft atmen, die mich erstickt. Es ahnt, daß es nicht mehr an der Brust seiner Mutter trinken wird, und sein Nabel tanzt den nervösen Tanz des Korkens auf dem Wasser. Es fühlt, wie sich der Knoten seiner Eingeweide löst, als ginge das innere Gleichgewicht verloren, als träte der ganze Leib, das Behältnis, über die Ufer. In seinen Ohren staut sich das Schmalz, und hinter dem Schmalz die Körperflüssigkeit, die die Quintessenz des Blutes und die Ehre der Familien ist.

Das Kind schweigt. Ein heftiger Luftzug geht durch den Korridor. Ist der Eindringling abgehauen? Alles fliegt. Die Mikroben suchen das Weite und verweilen mondsüchtig auf Handhöhe. Niemand kümmert sich um sie, und sie kehren wieder auf die Bettdecke zurück.

Das Monster ist verschwunden. Der Schauder einer Klingel hat es in die Flucht geschlagen, und ein Murmeln, ein Brummen mit Schürze und zwei großen Schuhen, der Hoteldiener, geht vorbei.

15. August 18 . .

Wie viele Kilometer bin ich hinter der Frauenbrust hergejagt! Unmöglich, die Summe zu ermitteln . . . Nur der Brust wegen! . . . Alles andere lasse ich beiseite. Die Tage kamen mir trübe vor, und mehr noch die Nächte, wenn mir nicht die Erinnerung an eine Brust die Augen schloß. Die freien Brüste, die halbverhüllten, die übergroßen, die aufgerichteten Brüste . . . Ich bin hinter tausenden von Frauen hergelaufen. Zwei, drei pro Tag, meine Arbeit unterbrechend, meinen Weg vergessend, von einer Straßenseite zur andern wechselnd, unzugängliche Stellen erkletternd, in leere Keller hinabsteigend, durch Schlüssellöcher das zuvorkommende Geheimnis erspähend, das die Frauen vor sich hertragen. Ich habe gelebt, indem ich von einer Pyramide aus verschiedenen Brüsten träumte, so wie Tamerlan von einer Pyramide aus Schädeln träumte.

23. August 18 . .

Wer wohnt in gewissen Häusern von Bougival? habe ich mich bei manchen Gelegenheiten gefragt. Die Rolläden heruntergelassen, die Türen geschlossen. Niemals ein Angestellter im Hof. Die eine oder andere Katze. Bisweilen zwei oder drei Tauben, auf dem Sims hockend wie Bäuerinnen zu Besuch, die mit dem Schnabel ihre großen weißen und gestärkten Unterröcke in Ordnung brachten.

28. August 18 . .

Die Männer sterben hundertjährig, ohne die Frau kennengelernt zu haben. Sie kennen einen Zopf, ein Auge, eine Pobacke, ein Bein oder eine Brust, wie ich.

Es ist der Fetisch, den wir uns mit vierzehn Jahren verschaffen, wenn wir durchs Schlüsselloch schauen, wo ein Mann masturbiert, wie einer, der eine Zigarettenspitze reinigt, aus Vergnügen, sie sauber zu sehen. Dann sucht das Fleisch eine Erleichterung, und später, wenn die Frau sich unseres Geistes bemächtigt hat, genügt es, um die Lust zu erfahren, eines ihrer Kleinode heraufzubeschwören, ihr Bild, ihr Parfüm, ihr Andenken, ihr Lächeln.

Die Städte haben die Liebe zivilisiert, und wenn der Mann sich Auge in Auge mit einer Frau befindet, masturbieren die beiden Wesen, die uneingestanden die Befriedigung ihrer erworbenen Laster im reinsten Rahmen und der reinsten Umgebung suchen. Der Mann hat ein weiteres Mal die Gelegenheit, das Bein, die Pobacke, den Hals, die Zunge oder die Brüste zu besitzen, die tiefen Augen, weil sie strahlend sind, die blauen, weil sie unschuldig sind. Eine einzige Frau kann so hundert Halb-Männern dienen. Sie empfinden keine Eifersucht. Jeder einzelne besitzt seinen Teil.

Das ist keine bloße Vermutung. Der Mann stirbt, ohne die eigene Frau zu kennen. Was liebt er, wenn nicht, was er in dem anderen Geschlecht liebte, als er noch masturbierte? Er kennt nicht die Liebe der ganzen Frau. Könnte das die Schuld der Bekleidung sein, die uns das Ganze verbirgt? Es ist die Gesellschaft, die sie uns so darbietet und uns zwingt, bis zum Tode zu masturbieren. Wenn die Frau nackt wäre, würde ihr Mangel an Geheimnis uns reiner machen, und es würde uns schwerfallen, uns zu vereinzeln, uns bei einem einzigen Teil ihres Körpers aufzuhalten. Ihr Körper als Ganzes würde uns dieselbe ästhetische und eben nicht wollüstige Empfindung verschaffen. Aber vorläufig geht die Welt so weiter, eingeschränkt auf das Schlüsselloch, durch das wir das erste Mal geschaut haben. Wir sehen nur ein Bein, einen Arm oder eine Brust.

25. September 18 . .

Die schwarzgefärbten Baumwollhandschuhe sind mir lästig. Sie verursachen mir einen Kitzel des Abscheus. Es ist die Hand des Toten, die darunter noch lebt. Ich spüre den Geruch der Leichentücher, die an den Wänden der Totenzimmer hängen und die feucht sind und an einzelnen Stellen silberweiße Haare haben.

Die Freude lebt in den hellen Handschuhen, die man beim Verlassen des Bettes anziehen soll, gleichzeitig mit den gestreiften Strümpfen.

26. September 18 . .

Wir betreten eine neue Welt. Die geographischen Grenzen sind unbekannt. Alle ihre Augenblicke sind schmerzlich. Der Mond dieser Nacht ist eine Servierplatte der Hölle. Er ist gelb und möchte rot sein wie der glibbrige Auswurf eines tuberkulösen Titanen.

Die Kälber, die in dieser Nacht geboren werden,

haben sechs Beine und glasige Augen. Sie werden sofort in die alkoholische Ewigkeit der Museen eintreten. Die Kinder der Bauern, den siebenten ihrer Söhne, werden sie später in die Stadt bringen, und im Asyl, im Gefängnis oder im Spital wird er eine Nummer auf die Brust bekommen. Diese Nacht, in der sich der Bauer im bösartigen Schatten des Feigenbaums ausruhte, wird ihn nachdenklich machen, solange er lebt.

In den Bedürfnisanstalten staut sich das Wasser und der Schaum des Urins. Im Gitter ihrer Abflüsse hat die Watte der Angesteckten die Einläufe verstopft und damit die Leere und die Verzweiflung der Kanalisation verursacht.

Die Hähne in der Nachbarschaft bemühen sich zu früh, und als hätte es eine ganze Reihe von Schlössern überwunden, durchbricht das Pfeifen einer Lokomotive die Stille.

Die Gefahr lungert im Hof.

Die Augen mustern die Riegel und untersuchen die Schlösser.

Die Stille wie ein dürres Feld.

Die Stille wie ein Saatfeld.

In der Bedrücktheit der Mitternacht verhärtet sich der kindliche Schrei der Lokomotive. Sie hat das Ausweichgleis verlassen. Der Zug folgt ihr. Er ist randvoll mit Kranken.

In die Länder des Südens bringt er die kleinen

Mädchen mit den schlaffen Händen, die auf dem Bahnsteig den ewigen Dialog über die Mode unterbrochen haben, die ihre Herrschaft ja selbst in den Sanatorien ausübt. Nach Vichy bringt er die diabetischen Mütter. Nach Venedig, Kairo oder Brügge führt er die in das 18. Jahrhundert Verliebten. Die, die noch Liebesbriefe schreiben. Die Äbtissinnen und die Seminaristen wechseln wegen moralischer Schmerzen die Klöster. Sie suchen eine Brücke oder das Bleidach einer Kathedrale, um sich von dort auf die Erde zu stürzen, die Mißvergnügten. Zwei Waggons sind angefüllt mit Schülerskelettchen, die der Stadtrat von Paris in die Bäderkolonien von Berck schickt. Der Zug wird von einem Maschinisten gefahren, der unterwegs verrückt werden und durch die letzte Station rasen wird, ohne anzuhalten. Und im Gepäckwagen, den sie am Ende dieser großartigen Verwirklichung des menschlichen Fortschritts angekoppelt haben, reist ein Kadaver ohne Anverwandte als Eilgut, das Bordeaux vor zehn Uhr morgens erreichen muß. Es ist sein letztes Stelldichein.

Das war die Landschaft der Schlaflosigkeit, die mich gestern Nacht zunichte machte. Die Besorgnis, daß die Eltern einer Minderjährigen, die ich in den Gebüschen der Insel, die Bougival gegenüber liegt, entjungfert hatte, nach mir suchen könnten, hat mich wachgehalten und ich habe mich damit unterhalten, zwischen meinen fiebrigen Händen die seidenpapierfeine Phantasie der Kinder zu zerreißen, derselben, deren Flügel ich während des Nachmittags in der Seele des Mädchens beschmutzt hatte, auf dem ich für sein ganzes Leben die Fingerabdrücke eines geilen Bocks hinterließ.

4. Oktober 18 . .

Fehlte mir womöglich der Mut? Mangelte es mir an hinreichender Energie, um diesen Dolchstoß, ohne schwach zu werden, dem Unbekannten zu versetzen, gegen den ich die gefährlichste Karte meines Lebens ausspielen würde? Wenn es leicht scheint zu töten, wird es dann ebenso leicht sein, dem Gewissen zu entkommen, das uns denunziert und uns schon am Vorabend des Mordes in Gedanken zerfleischt?

Der Mut ist eine literarische Eitelkeit des Verbrechers. Nur selten ist der Mut erblich wie bei den Sombreuils.

Ich beziehe mich auf Mlle de Sombreuil, die auf den Stufen des Schafotts ein Glas Menschenblut trank, um das Leben ihres Vaters zu retten. Später haben sich ihre Nachkommen unermüdlich gerühmt, die gleiche Wildheit zu besitzen. Ihre Nichte konnte, vermögenslos, den Rang, den ihr die Restauration verliehen hatte – den Stuhl einer Herzogin – nicht mehr aufrecht erhalten, und da sie die

Horizontale einem schlechten Sitz vorzog, besaß sie den Mut, ihre Tochter, eine Minderjährige von vierzehn Jahren, in ein Freudenhaus zu bringen. Die Tochter erwies sich als ihrer Mutter würdig. Bevor sie während des Kaiserreichs zu den Empfängen der Roten Absätze ging, auf denen sie beredt Schlechtes über Victor Hugo sagte, sputete sie sich, um mit ihren Kunden im Haus der gewohnten Kupplerin fertigzuwerden, wo sie Pantoffeln aus ponceaufarbenem Atlas trug. Einer ihrer Onkel, ein Bruder der Mutter und von der Rasse der Sombreuils, besaß, als er sah, daß sein Name als Bettvorleger für so viele Emporkömmlinge diente, für so viele reichgewordene Kaufleute, den Mut, sich, schon in den sechzigern, mit seiner Nichte zu verheiraten, um sie dem Kreuzweg der Lust zu entreißen, den sie mit dem Behagen einer Frömmlerin in einem der berühmtesten Tempel der Liebe von Paris beschritten hatte.

14. Oktober 18 . .

Ich habe immer die Liebe gesucht, die ich nicht besaß. Ich wollte geliebt werden. Ich habe getan, was in meinen Kräften stand. Ich habe nichts anderes getan als das. Die Arbeiter lassen sich darauf ein, wie die Ziegel von den Baugerüsten zu fallen. Sie verlieren die Arme und die Beine. Ich habe nichts verlieren können und habe alles verloren. Es war nur gerecht, daß ich geliebt wurde.

Es gibt nichts anderes als eine Liebe. Geliebt werden. Das ist die heitere Eintönigkeit meines Lebens.

1. November 18 . .

Ich weiß nicht, ob ich gehen soll oder bleiben. Nichts anderes versetzt mich in Angst vor diesem Abschied als die spirituelle Vollmacht, die ich meiner Mutter verdanke. Sie entwarf mich als den Mann, der kein Scheitern kennen würde. Sie erwartete so viel von mir, daß ich mich fürchte zu gehen und das Werk unvollendet zu lassen . . .

Ich bin ihr ganzer Optimismus. Ich bin der Täter, den sie aussandte, um sich an der Welt, in der sie die Männer leben ließen, zu rächen, weil sie wie alle unsere vollkommenen spanischen Mütter keinen anderen Zierat kannte als den des Bleis der Melancholie, wenn ihr Traum verschwand gleich dem Wasser, das man auf den geneigten Stein des Abends gießt.

6. November 18 . .

Wenn ich das Buch über Don Juans Syphilis schriebe, fürchtete ich, diese Grillen oder Ticks der Schriftsteller anzunehmen, die ihre Handlungen als Motive für ein Buch planen und deren Tage die mehr oder weniger eintönigen Seiten eines Romans sind. Das

Buch ist ihr geheimes Laster. Wenn der Irrwitz in einem Band gesammelt werden könnte, wie er ja ein Erzeugnis ihres Kopfes ist, würden sie ihn in einem Band herausgeben. Nach dem Beispiel der Dame, der im 18. Jahrhundert die Spitzen so gefielen, daß sie sie feinhacken ließ und in einem Omelett verspeiste, gibt es Leute, die den Fetisch des Buches anbeten und sich in ihm spiegeln wie Narziß.

Die Trauerkränze sind charakteristische Beispiele solcher Grillen, die ich nicht haben möchte. Ich erinnere mich an einige untröstliche Väter, die ein Buch über eine ihrer im Alter von achtzehn Jahren verstorbenen Töchter veröffentlichten. Was hätte dieses arme anonyme Wesen in einem so geringen Alter vollbringen können? Zwei Kupfertafeln erinnerten an die Verblichene. Auf einer erschien sie beim Krocketspiel. Sie hat es nur einmal gespielt, und zwar im Park eines Hotels, in dem ich mich aufhielt. Wie wenig Begabung für das Krocketspiel hatte sie! . . .

Das andere Kupfer zeigte sie zu Pferde. Ein paar Minuten, nachdem diese Photographie aufgenommen war, warf das Pferd, das sie zum erstenmal bestiegen hatte, sie ab und brach ihr ein Bein.

Die Väter vergaßen die Tatsachen über dem Glanz des Bildes. So auch die Schriftsteller.

Sie veröffentlichen Bücher, weil sie sie gern gebunden sehen, ohne zu bemerken, daß es die traurigsten Anblicke ihrer Personen sind, die wir auf ihren Seiten finden.

Und wird das Buch nicht schließlich so etwas wie die Ableitung dieser Idee des Verbrechens sein, das ich begehen möchte? Könnte nicht jede Seite ein kleines Stückchen Glas in der täglichen Suppe von meinesgleichen sein?

Ein Buch ist der vegetalische Bodensatz des Menschen. Nach einer Reihe von Jahrhunderten von Palimpsesten und aufgehäuften Täfelchen versteht man neuerdings, daß die toten und verlassenen Städte mit der Erde des Alluviums bedeckt sind. Das Buch ist ein langsames, aber gewisses Verhängnis.

28. November 18 . .

Ich habe die Kalomeldose beiseite gelegt und bin nachdenklich geworden. Meine Augen schweifen von dem Kalenderblatt, das der Finger des Windes löst, zu einem Koffer, der so, wie er von der Reise zurückgekommen ist, in einem Winkel stehengeblieben ist. Dann habe ich auf ein Stück Papier geschrieben: ›Die Tage reihen sich aneinander . . . Die Literatur und der Ruhm beschweren mich. Beide verdienen nicht, daß ich an sie glaube. Seit einiger Zeit träume ich von einer absoluten Ruhe. Vielleicht dem Tod. Die Kunst hat das Sein vergiftet. Ich bin mutlos. Ich habe keinen Grund mehr unter den Füßen, um den gewohnten Mustern zu entkommen, und notwendig muß ich Haß und Abscheu vor der Literatur empfinden, die mir die kümmerliche Gunst erwies, mir Flügel auszubrüten.

Ich könnte meiner Mutter verzeihen, die Geliebte verschiedener Männer gewesen zu sein, die ihr schmeichelten, sie zu bevorzugen, aber ich kenne keine Nachsicht für diese hirnlose Person, die davon lebt, Männern nachzulaufen, um ihnen das Mark auszusaugen. Es gibt verdorbene Frauen, die ihren Liebhabern Sirup aufs Glied schmieren, um die Lust zu erhöhen. Es gibt Entartungshelfer von Rang, und die Literatur ist eine von den Abnormen, die viel Schlimmeres tun als das, was die Unglücklichen, die im Zickzack durch die Vorstädte streifen, aus Hunger verbrechen. Die Literatur hält Einzug im Schoß der Familie wie eine Amme und gibt gleichzeitig eine ihrer Brüste dem Kind, die andere dem Vater, küßt die Töchter mit den Lippen der Sappho und raubt der Mutter das Herz, indem sie ihr die ›Fioretti‹ des hl. Franz von Assisi zu lesen gibt. Mich hat sie gesäugt, und dann hat sie mich dem Ruhm ausgehändigt. Von sehr viel schlechterem Stil als eine öffentliche Frau, hat sie mir nicht einmal die Geschlechtsteile gewaschen. Ich rieche noch immer ihr Parfüm auf allen Wegen. Ich habe mein Vermögen in ihre Hände gelegt. Ich bin ihr überhaupt nicht fern und kann nicht umhin, ihr von Zeit zu Zeit nachzuschauen. Meine Lippen sind voller Reime. Warum mache ich keine Verse? Weil der Schmerz des Poeten noch viel größer als das Werk und des größten Lobes würdig ist. Ich schreibe schlicht, ohne Reißzeug, den Sternen entgegen.

Nein, keine Verse! . . . Keine Musik! . . . Vielleicht so wie wir sind: Verstümmeltes ohne Rhythmus. Die Zeit hat unsere Hoffnung zerschlissen, und während die Feuchtigkeit in unserem Herzen und an der Leber nagte, haben die Literaten uns damit unterhalten, die Außenseite zu bemalen. Andere sammelten die menschliche Gemeinheit, um sie in Pillenform zu versenden. Andere haben den Katalog der Seelen angefertigt und haben die Einleitung zum Katalog redigiert. Noch niemand hat uns den Menschen gezeigt, wie er ehrbar von den Feldern in die Städte kam. Sie haben die Psychologie ›entdeckt‹ und haben die Kenntnis des Lebens erschwert. Ein Psychologe versteht nichts von den Menschen. Er ist ein Unternehmer in Karnevalskleidern. Es gibt keine Kleider für die Seele. Es gibt nichts als ihre kümmerliche Einfalt, verrenkt und ins Gegenteil verkehrt von der Zivilisation der furchtsamen Menschen, die vor dem Tiger in die Städte geflohen sind.

Es wird der Tag kommen, an dem keine Dichter mehr geboren werden. Die Stadt, die furchterregende Urbanisation der Zukunft, wird das verhindern. Dann werden die Regierungen, wie in Treibhäusern, in ausgedehnten Gärten, errichtet auf den

Flachdächern der Wolkenkratzer, die Kranken, die an ›der Schönheit und der Vergangenheit‹ leiden, verwahren, wie sie heute die Degenerierten und die Irren verwahren, ohne ihnen etwas dafür abzunehmen, und den Genies der Lüge, die mit ihren Lichtern die apokalyptische Landschaft dieser Welt ausschmücken sollen, die Freiheit in ihrem Käfig gewähren.

3. Dezember 18 . .

Raymond runzelte die Stirn und sagte:

– Ich habe oft ein Buch schreiben wollen. Nur der Gegenstand hat mich gehindert. Entschlossen wie du bist, es ohne Zaudern zu ›schaffen‹, mach dir diese Schlußszene mit Don Juan zunutze, die ich an deiner Stelle geschrieben hätte. Stell dir vor, daß Don Juan mehr gegessen hat als gewöhnlich. Eine herrliche Aprikose, die er lange Zeit auf seiner Handfläche streichelte. Ihr Duft weckte den Frühling in dem uralten Zimmer.

Der Teller, auf dem er die Frucht entkernte, gehörte nicht zu seinem Geschirr. Er war zwischen seine eigenen gekommen in jener Traulichkeit, die zwischen dem schönen Steingut und den ländlichen Tiegeln in den Abwaschschüsseln der Küche entsteht. Er war aus rosafarbenem Porzellan, und man konnte auf dem Rand in Gold das Wort ›Erinnerung‹ lesen.

Dann trat Don Juan hinein in den Sonntag der katholischen Stadt. Die Frauen hatten sich von den Männern getrennt, und die Männer hatten sich zusammengetan, um die jugendlichen Paare vorbeigehen zu sehen. Die Frauen gingen in seinen von den Konventionen der puritanischen Stadt entfärbten Augen vorüber wie die Landschaften an dem Fenster der Postkutsche: Lumpenhändlerlandschaften, alte Theaterdekorationen und graue Flure des Opernballes am Aschermittwoch.

In diesem Augenblick sah Don Juan einen Jüngling von etwa sechzehn Jahren vorbeigehen. Er besaß die klassischen Umrisse des epischen Entwurfs der Schönheit, künstlich zusammengesetzt in den Engelsfiguren der Maler des Quattrocento. Er war ein Ephebe, der eine Pose eingenommen hatte, und er war ebenso zart wie seiner Epoche fremd. Und schon empfindet man — selbst in den niederen Zweigen des Lebens — ein Verlangen nach Erneuerung, nach Menschlichkeit, die Notwendigkeit, jedem Superlativ den Hals umzudrehen, die ausgesprochene Neigung für ein ›me déshabiller de la vie‹, wie es im poetischen Jargon hieß. Die Haltung des Epheben schien gefährlich und schwierig.

Don Juan empfand ein unbekanntes Vergnügen an der Schönheit des Sendboten. Er folgte ihm, brachte seine Kravatte in Ordnung und sprach ihn an. Der Ephebe hatte ihn bemerkt und fügte sich nachgiebig der Bekanntschaft. Don Juan empfand womöglich Liebe für dieses schöne Exemplar eines Androgynen, das ihn an eine unendlich schöne Frau denken ließ und dem in seiner Majestät das Bewußtsein der Kleiderpuppe fehlte, das die Frau von dem Mann unterscheidet. Die Frau trägt mehr Wäsche.

Sie nahmen eine Kutsche. Ich als Kutscher erfinde nur Romane in Kutschen. Don Juan zeigte dem Jüngling den bestirnten Nachthimmel und sprach von dieser hypothetischen Kartographie wie von einem weiteren Viertel der Stadt und nicht wie von einer weit entfernten und erhabenen Angelegenheit. Der Jüngling, der sich in der Berline sehr dekorativ fand, antwortete, indem er die Mandeln seiner Augen schräg stellte. Seine Lippen waren zwei bleiche Rosen.

Würde Don Juan der Wollüstigkeit dieses Wesens entkommen, das mit Deckflügeln geboren war wie alle für die Liebe geschaffenen Wesen? Er war nicht eine weitere Frau. Er war nicht die letzte Abirrung einer Frau. Er war die weiße Marmorstatue, in die sich der Negerkönig im Museum des Louvre verliebte. Er war die verspätete und literarische Abweichung von der mystischen Liebe. Don Juan gab sich nach vielen Jahren, seit der Schulzeit, von neuem der Befriedigung seiner einsamen Lust hin.

Der stechende Schmerz in seinen Schläfen erdolchte seinen Kopf, als der Schauder der Lust in den schlaffen Muskeln seiner Beine erlosch. Die Vorstellung eines tragischen Todes vernichtete ihn. Und er sagte zu dem schweigsamen Zuschauer seines Lebens:

– Steig aus. Ich glaube, daß ich sterben werde. Mein Tod könnte dich gefährden.

Und der Ephebe antwortete:

– Schenken Sie mir die Lust, die ich so sehr gesucht habe: Ich möchte jemand sterben sehen.

Don Juan konnte sich nicht widersetzen und ebenso wenig den Dialog mit diesem hohen Botschafter des Fleisches fortsetzen und starb erhaben und prächtig mit einem Engel zu seiner Linken wie jener Bischof von Orléans, dessen Tod ich dir früher einmal ausgemalt habe.

2. März 18 . .

Als der Winter kam, stieg die Seine bis zum Himmel und die Wolken verhüllten in der Dämmerung des Morgens und des Abends die Ortschaft Bougival. Man spürte die Kälte des Wassers auf der Haut. Die Öllampen entlang den Wegen verwelkten in einem Knäuel aus Tüll.

In einer dieser Nächte, im Schein einer der Lampen, die nur mühsam brannte, in einer abgelegenen Straße dieses uninteressanten Nestes, sah ich die Silhouette eines Mannes sich gegen den Nebel abzeichnen. Das Licht schien ihm ins Gesicht, und als er aus der erhellten Zone herauskam, konnte er, selbst noch im Schein der Laterne, mich seinerseits entdecken. Mein Gang war entschlossen. Ich ging beherzt. Und diese Unbefangenheit mußte diesen argwöhnischen Fußgänger beeindrucken. Seine Überraschung ließ ihn erstarren. Ich sah das blanke Entsetzen in seinem Gesicht. Eine Angst ohne Worte. Seine Kehle war ausgetrocknet. Ich sah ihn an. Er war ein armer Teufel, ein dürrer Hering, den ich ohne Umstände hätte töten können. Er war schon halb tot. Kein Hilferuf hätte seine Lippen geöffnet, keine Bewegung das Verbrechen verhindert.

Wir verloren einander wieder im Nebel. Mein Opfer fiel vielleicht hin, vernichtet von seiner Angst. Ich setzte meinen Weg fort. Man hörte nicht einmal einen Seufzer. Der Dunst des Winters hatte die Welt in seinen grauen Samt gehüllt.

Ich fühlte mich sehr allein. Ich konnte laut mit mir selbst reden und gestand mir ein seltsames Verlangen, das dieser zitternde und bleiche Mann in mir geweckt hatte. Ein Mann, der so, in der Nacht, auf freiem Feld überrascht wird, wäre es nicht leicht, ihm ein Ende zu bereiten? Ich sage nicht, daß ich ihn in aller Ruhe umgebracht hätte, dort wo die Blätter der Maulbeerbäume, die eine Hecke bilden, grün sind, als wären sie mit Aquarellfarben auf den Nebel gemalt, im vollen Licht der Laterne, sondern weiter weg, wo das Blut sich mit dem Schlamm vermischt hätte, wo zwölf Stunden hätten vergehen müssen, bis die Sonne herausgekommen wäre, um einen Menschen von einem Haufen Unrat zu unterscheiden.

4. April 18 . .

Ich habe meinen Plan gemacht und bin entschlossen. Eine Kraft, die aus der geheimen Wurzel meines Lebens hervortritt, führt mich und leitet mich nach ihrem Gutdünken. Es ist die Gesundheit, die Jugend und der Optimismus, alle zusammen. Bis gestern hat mir die Absicht, den skizzierten Roman über ›Don Juans Syphilis‹ zu schreiben, als Kreuzgang gedient, in dem ich meine Phantasie spazierenführen konnte. Heute gelingt es ihr nicht, meinen Durst zu stillen oder, besser gesagt, die Angst, die am Vorabend einer Tat, die ich für endgültig halte, an mir nagt. Ich bin in der Mitte des Schauspiels und empfinde, welch merkwürdiger Dramaturg, die gebieterische Notwendigkeit, den Vorhang herabzulassen. Nicht einen einfachen Vorhang. Den Vorhang des Mundes. Den großen Vorhang aus Eisen und Asbest, der wie eine Platte aus Zink vom sechsten Stock herabfällt und beim Fallen jammert. Etwas in der Art, prachtvoll, schwerfällig, unerwartet, übt seine Tyrannei über mein Leben. Ich werde jemand töten.

Ich habe keine Furcht, ich habe keine Angst, ich werde nichts bereuen.

Ich habe von langer Hand alle Voraussetzungen erfüllt, mit denen ich rechnen mußte.

9. Mai 18 . .

Ich habe mein Opfer gewählt. Als ich über den Markt ging, bin ich an einer blonden, mageren, gelbhäutigen Frau mit verwaschenen blauen Augen vorbeigekommen, die ich schon an Bord einer in Belgien registrierten Schute gesehen hatte, die nicht weit von der Eisenbahnbrücke festgemacht hatte.

Die Engländer sind von Haus aus Aristokraten, aber es gibt nichts Elenderes als einen heruntergekommenen Engländer. Die unermeßliche Notwendigkeit, die mit ihrem Fettstift über die apollinischen Züge fährt, bereitet mir ein schmerzliches Gefühl. Mein Opfer, das zarte Züge besitzt, hat vergessen, daß sie eine Frau ist, und ist nicht kokett. Der Dreck des Schiffes hängt an ihren zerlumpten Kleidern. Sie kämmt sich nicht. Sie knotet ihre Haare im Nacken. Ihr Mieder schließt sie mit einer Nadel. Den Knopf hat sie verloren, sie kann keine glückliche Frau sein. Wenn sie nicht in Hinterzimmern trinkt, macht sie den Eindruck, zweifelsfrei die Frau eines Alkoholikers zu sein, der die Aufsicht des Mannes fehlt, und weil sie unzufrieden mit ihrem Schicksal ist, scheint sie der ganzen Welt feind zu sein.

Als ich auf dem Markt an ihr vorbeikam, quälte sie sich damit, das Geld abzuzählen, das man ihr zurückgegeben hatte. Sie rechnete Münze um Münze zusammen wie ein Kind oder wie ein Wilder. Die Langsamkeit ihrer Rechnerei, diese so bezeichnende geistige Zurückgebliebenheit, die sie an den Tag legte, hat meine Wahl entschieden. Sie hat mich zu meinem Handeln ermächtigt. Ich befreie die Menschheit von einem unvollkommenen Wesen, von einem debilen Wesen.

16. Mai 18 . .

Er war als Jude und Augenarzt zur Welt gekommen. Die Kundschaft verlor die Sehkraft, während er bei seinem Großvater aufwuchs, der das Haus begründet hatte. Der Großvater starb, und Alfred Chascock erfand ein Wasser, das das beste Heilmittel gegen Augenkrankheiten war. Er verkaufte es nicht, er verschenkte es. Die Kunden mußten es, so heiß, wie sie es eben ertragen konnten, auf das kranke Auge gießen. Das wunderbare Mittel war einfaches Wasser.

Alfred Chascock kannte keine andere Zerstreuung als das Angeln, seine verlogene Natur hatte die Verrichtung in Dichtkunst verwandelt. Er kaufte auf dem Markt Fische aus dem fernen Meer, die er als Beute aus dem Fluß vorzeigte. Chascock war kurzsichtig. Außer der Angelrute hatte er einen Operngucker bei sich, mit dem er aufmerksam das Hinundher der Schnur auf dem Plüsch der Seine verfolgte. Als ich an diesem Nachmittag unter der Eisenbahnbrücke eintraf, sah ich Alfred Chascock in einer Bucht des gegenüberliegenden Ufers. Er verschmolz mit dem Baumstumpf, auf dem er saß. Meine Augen, denen keine Einzelheit entgeht, konnten ihn nicht übersehen. Die steinerne Brücke sah aus wie ein Sims des Himmels: so groß und so hoch war sie.

In der Tallandschaft, die ein natürliches Urstromtal war, eine grünspanige Landschaft von der Farbe heller Trauben, der einzige dunkle Fleck des Leichters, der mit mehreren gespannten Tauen an den Uferpfählen befestigt war.

Der Prahm war leer und ohne Ballast und ragte wie eine riesige Boje aus dem Wasser. Eine Treppe kletterte vom Ufer zum Dach des Deckes, auf dem mehrere, auf der Brüstung aufgereihte Geranientöpfe an die Simse der Häuser in Sevilla erinnerten.

Die Landschaft war heiter und stumm. Das Wasser der Seine löste mühelos sein Knäuel auf. Von Zeit zu Zeit erklang vom Schiff ein dumpfer Schlag, den die leeren Kammern vervielfältigten. Es war die blonde Frau, deren Kommen und Gehen ich zwei Stunden lang oben von der Brücke beobachtet hatte. Sie bereitete gerade das Essen. Ein Wölkchen aus blauem Rauch sickerte durch einen Schornstein oder ein Blechrohr über das Deck und wehte zur Mitte des Flusses, wo die Schwalben flogen, die gemeinsam mit dem niedrigen Rauch anzeigten, daß das Wetter sich ändern würde.

Chascock tat die kleinen Fische, die er aus dem Wasser geholt hatte, in seine Eimer. Ich sah, daß ich allein war. Es gab keine Zeugen, und ich begann die Treppe hochzusteigen.

Ich fühlte etwas im Herzen. Ein Faden des Hampelmanns, der riß. Ich blickte zur Brücke und erschrak. Am selben tückischen Fleck, von dem aus ich mein Opfer beobachtet und auf den geeigneten Augenblick gewartet hatte, stand eine Gestalt. Es gab keinen Zweifel daran, daß er zu mir herschaute. Verfolgte er mich? Ich heftete einen furchtbaren Blick auf ihn. Ich glaube nicht, daß er ihn von so weit wahrnehmen konnte, aber ohne Zweifel erschreckte ihn meine Absicht, denn der Mann verließ, warum auch immer, seinen Beobachtungsposten und verschwand. Wieder war ich allein. Ich setzte den Fuß auf das Schiffsdeck. Es war kalt auf der geteerten Terrasse.

Womit war mein Opfer beschäftigt? . . . Ich beugte mich hinunter und blickte in den Raum, der ihr als Wohnung diente. Sie schälte Kartoffeln, umständlich, langsam. Ich machte mich leicht, ließ mich durch die Halbtür der Luke gleiten. Ich begann die Treppe in ihrem Rücken hinabzusteigen. Die Schute neigte sich zum Heck. Ich wollte die Frau unbemerkt erreichen und ihr meinen Dolch in den Nacken stoßen wie den Kälbern im Schlachthof. Jeden Millimeter dieses Dolchstoßes mußte ich in meiner Hand spüren. Die Haut, das Fleisch, die Knochen, vielleicht das Mark, sollten mir diesen Widerstand bieten, der die höchste Wollust des Mordes darstellt. Das Mark? Könnte man es leicht durchtrennen? Und ich dachte an die Höhlen des neolithischen Zeitalters, voll von Pferdeknochenresten, aus denen unsere Vorväter lustvoll das frische Mark der nach den Folgerungen der Paläontologen noch warmen Beute saugten.

Ich war nur noch zwei Schritte von der Blonden entfernt, als sie sich bückte, als wolle sie meinen Schatten ergreifen, der sich bis zu dem Korb dehnte, aus dem sie die Kartoffeln nahm. Diese Frau, die nicht mit einem Blick das Geld zählen konnte, das sie zurückbekam, bot mir mit dieser Unschuld, die die Lämmer in allen ihren Bewegungen beim Anblick der eleganten Wölfe an den Tag legen, die erwünschte Stelle, die ich in meinen Überlegungen ersehnt hatte, und meine Hand gab so unabhängig von meinem Willen nach, daß die schnelle Bewegung mich hinderte, den Weg des Messers durch das Fleisch zu genießen.

Ich spürte, wie sich meine Hand in ihren feuchten Haaren verwickelte, und einen Augenblick später, wie ein Blutstrahl heftig zwischen meine Hand und die Messerspitze schoß.

In diesem Augenblick ließ ich allem seinen Lauf. Ich ließ die Waffe und die Frau los, die die stählerne Klinge an mich band. Das Bündel fiel zu Boden. Der schlaffe Körper der blonden Frau versank in dem Korb und ließ eine Hand auf dem Stuhl zurück, auf dem sie gesessen hatte. Den anderen Arm legte sie unter das Kohlebecken.

Meine Wimpern zuckten. Ich wollte noch etwas sehen, etwas Neues fühlen, konnte es aber nicht. Ich hatte den Lärm einer Hummel in den Ohren, einen Schleier vor den Augen – ich war ›ein Edelmann, gehüllt in seine Wolke‹, wie Shakespeare sagt –. Ein paar Stühle und eine Kiste hinter mir stellten sich mir in den Weg. Mit viel Geschick verhinderte ich ihre Berührung. Ich betrachtete noch einmal die Szene und sah, daß mein Opfer seine Hand von dem Stuhl zog und sie auf die Erde fallen ließ.

Ich rutschte zweimal auf der ersten Stufe aus, und als mein Kopf aus der Luke kam, zog ein Pfeifen, wie von einer Viper, durch den Raum.

Auf der Eisenbahnbrücke stand seit einem Augenblick der Unbekannte und schaute auf das Schiff. Er bemerkte mein Erscheinen, und als ich, schwach auf meinen Beinen, zusammenzubrechen drohte, glitt er, mit vergleichbarem Entsetzen, vom Brükkengeländer. Ich fühlte mich gerettet. Ich verließ die Schute. Ich kletterte ans Ufer.

Aus der Schlucht wandte ich die Augen, um mich der Landschaft zu vergewissern, aus der ich mich in die Hölle gestürzt hatte. Auf der einen Seite die Brücke, die den Horizont versperrte. Weiter weg die Hügel von Marly und der Mont Valérien. Die Seine wie ein großer Spiegel und der Prahm dunkel mitten auf dem hellen Fluß. Ein Vogel und ein Hund kamen nahe an mir vorbei. Von Zeit zu Zeit der dumpfe Schlag, den der Schallraum meines Herzens verstärkte.

Eine Gruppe von Leuten stieg das gegenüberliegende Ufer hinauf. Ich versteckte mich zwischen den Linden. In ihrem Schutz ging ich weiter bis zu der Eisenbahnbrücke. Auf der Brüstung drehte sich, ohne ins Wasser zu fallen, der Stummel einer Zigarette. Jemand war gerade weggegangen . . .

Meine Augen suchten die Szene des Verbrechens. Der Prahm ragte so weit über seine Wassermarke hinaus, daß der Fluß mit ihm spielte. Niemand kam. Der feuchte Weg, der an der Seine entlangführte, endete weit hinten und verschwand im Wasser. Eine Stunde verging. Die Sonne verschwand hinter den Hügeln. Alfred Chascock durchschritt den Vorhang des Horizontes. Ich zitterte.

Eine ängstliche Gestalt erschien überraschend neben dem Prahm. Es war der Mann, den ich oben auf der Brücke gesehen hatte. Er schien mich nachzuahmen. Sollte er glauben, daß das Schiff verlassen war? Ich versteckte mich meinerseits, um ihn besser beobachten zu können. Er kletterte auf den Prahm. Ging auf das Deck. Würde er einen Schauder auf dem geteerten Deck empfinden? Schließlich entschloß er sich und stieg hinab.

Alfred Chascock kam auf dem Weg, der zu dem Schiff führte. Ein Mann und ein Mädchen folgten ihm.

Aus dem Inneren des Schiffes kam ein Schrei. Das Schiff schaukelte auf dem Wasser, als ob zwei Wesen in ihm kämpften, und der Unbekannte erschien außer sich auf der Treppe. Als sie das sahen, beschleunigten der Mann und das Mädchen, die hinter Alfred Chascock kamen, ihre Schritte. Sie liefen. Alfred Chascock mußte eine seltsame Äußerung von den beiden Fußgängern gehört haben, die an ihm vorbeigingen, und setzte das Opernglas auf seine Nase.

Aber schon stießen der Mann und das Kind Schreie aus. Der Unbekannte lief von einer Seite des Decks auf die andere. Er konnte sich nicht entscheiden, welchen Weg er nehmen sollte. Die Manschetten seines Hemdes, seine Hände, waren von Blut gefärbt. Schließlich machte er einen Satz und fiel in den Ufermorast. Der Mann, der mit dem

Mädchen ankam, setzte sich auf seine Spur, und die beiden entschwanden dem Blick. Das Mädchen schaute nach allen Seiten und schluchzte hysterisch, ohne zu wissen, warum. Alfred Chascock näherte sich ihm und versuchte es zu trösten. Das Mädchen vertraute den einschmeichelnden Worten des Juden, der auf dem Grund seiner Kehle die hebräische Ergebung so vieler Jahrhunderte des Gemetzels bewahrte, und als genügten seine Worte nicht, gab er ihm das Opernglas, damit das Mädchen auf die Eisenbahnbrücke schauen konnte.

19. Mai 18 . .

Ich kann konkret sagen, daß ich ein glücklicher Mensch war, als in der Stille meines Schlafzimmers die Nachtstunden, die geläutert und tief vorübergingen, von der Uhr des nahen Asyls buchstabiert wurden. Ich kannte den Klang der Stunden, aber niemals überkam mich die Neugier, nach dieser Uhr zu sehen, die ich mir blind und ohne Zifferblatt vorstellte.

Gestern um Mitternacht bin ich an ihr vorbeigegangen. Die Uhr entlud ihre Glockenschläge über das schlafende Bougival, und ich hob zum ersten Mal die Augen zum Glockenturm.

Die Uhr war kein blindes Ding oder ein gleichgültiger Apparat. Umgeben von so viel Schmerz und Elend, wie sie im Asyl zu Hause sind, ist ihr Zifferblatt das gelbliche Gesicht eines kranken Mondes und nicht ein undurchsichtiges Glas mit kabbalistischen Zeichen.

Wie konnte diese Uhr bis gestern nacht mein Dasein vermessen und es die, wie ich glaubte, fröhlichen Töne ihres Glockenturms vernehmen lassen? War ihr Zifferblatt so trübe seit der ersten Nacht, in der das Öllämpchen es erhellte, es einem toten Stern verwandt machte?

Habe ich mich nur verstanden gefühlt, wenn die traurigen Töne dieser kranken Uhr meinem Herzen Trost schenkten? Hat alles in mir verkehrt geatmet?

Unterscheide ich mich so sehr von meinesgleichen?

Nachwort

Wer dieser Vizconde de Lascano Tegui gewesen ist, wissen wir nicht. Wir besitzen kaum gesicherte, nachprüfbare Kenntnisse über seine Person, obgleich sein Freundeskreis groß war und keineswegs nur aus solchen bestand, die wie er aus der Geschichte herausgefallen sind. Daß einer so lange Jahre mitten in Paris gelebt und dort mindestens ein außerordentliches Buch veröffentlicht hat und doch keine Spuren hinterlassen haben soll, ist kaum glaublich, auch wenn es wahr zu sein scheint. Eigenes Versteckspiel und eigene Lust, sich hinter immer neuen Masken zu verbergen, mögen dazu beigetragen haben.

Mit Sicherheit war er kein Vizconde und mit einiger Sicherheit lautete sein Name in Wirklichkeit Lascanteguy, sein Vorname Emilio. Nahezu alle ihn betreffenden Angaben gehen auf ihn selbst zurück, was in diesem Falle heißt, daß man ihnen nur in Grenzen trauen darf. Sein Vater sei Argentinier gewesen, seine Mutter Uruguayerin. Geboren sein soll er 1887 in Buenos Aires, wohl am 19. Mai. Dort soll er auch begraben sein, und es will jemand auf dem Friedhof Chacarita einmal seinen Grabstein mit dem Todesdatum vom 14. April 1966 gesehen haben. Dieser Grabstein ist unauffindbar.

Daß er vor und nach dem Ersten Weltkrieg in Paris gelebt hat, ist dagegen unbezweifelbar. Paris war mindestens seit Rubén Darío das Traumziel beinahe aller bedeutenden lateinamerikanischen Dichter, bis hin zu Neruda und Cortázar und García Márquez. Dort lernten sie die Moderne kennen und sich ihr einzuverleiben. ›Ich habe‹, erzählt Rubén Darío in seiner Autobiographie, ›von Kind an von Paris geträumt. Paris war für mich so etwas wie ein Paradies, in dem man die Essenz des irdischen Glückes einatmete. Es war die Stadt der Kunst, der Schönheit und des Ruhmes; und, vor allem, es war die Hauptstadt der Liebe, das Königreich der Träumerei.‹

Nichts anderes kann es für Lascano Tegui bedeutet haben, außer vielleicht einem Ort der Armut und des Leidens, Tatsachen, denen er sich offenbar durch merkwürdige Nebentätigkeiten zu entziehen suchte, während seine Haupttätigkeit, sein geheimes ›Laster‹, das Schreiben war oder doch hätte sein sollen. Schenken wir ihm selbst Glauben, so hat er zwischen 1910 und 1912 drei Gedichtbände veröffentlicht, von denen einer den Titel ›Der Schatten der Empusa‹ trägt (die Empusa ist eine Art Nachtgespenst, dem wir in anderer Form auch in seinem einzigen greifbaren Werk begegnen) und ein zweiter unter dem für uns wichtigen Pseudonym Rubén Darío (Sohn) erschienen ist. Weitere Bücher hat er mindestens angekündigt, ohne daß sich nachweisen ließe, daß sie je das Licht der Welt erblickt haben.

Auch Konsul dieses und jenes lateinamerikanischen Landes soll er bisweilen gewesen sein, und schließlich Verwalter eines Museums in Boulogne, das der Erinnerung an den General San Martín dient, den Mitstreiter und gelegentlich auch Rivalen Bolívars bei der Befreiung Südamerikas. Das ist alles. Mehr über sein Leben werden wir allenfalls erfahren, wenn die Argentinier sich eines Tages seiner erinnern werden.

Bleibt das Buch ›Von der Anmut im Schlafe‹, das Lascano Tegui 1914 seinen Freunden vorgelesen hat, das aber erst ein Jahrzehnt später erschienen ist. Es ist in Belgien gedruckt worden, angeblich aus Sorge vor irgendeiner Art Zensur, eher wohl klerikalem Protest, und zwar von Leuten, denen das Spanische mehr als fremd gewesen sein muß, was die vielen Druckfehler anzeigen. Wieder sechs Jahre später erschien in Paris eine französische Übersetzung von Francis de Miomandre (Elégance des temps endormis), die neue Rätsel aufgibt. Wie ist Miomandre auf dieses Buch aufmerksam geworden? Kannte er den Autor? Hat er ihn gelegentlich um Rat gefragt? Stammen die meist interpretierenden Einschübe von ihm? Und die Auslassungen? Auf seine Rechnung geht allerdings die oft unerträgliche Glättung des Textes, die Unterdrückung dessen, was einer empfindsamen Seele als obszön erscheinen könnte, lauter Kleinigkeiten, die dem Buche seinen bestürzenden Charakter genommen und es seiner Ungewöhnlichkeit beraubt haben, ohne es vernichten zu können. Denn seine Wiederentdeckung verdankt sich nicht dem mehr oder minder verschollenen Original mit seinen zahllosen Argentinismen und Parisismen, sondern einzig Miomandres Übersetzung.

Obgleich ›Von der Anmut im Schlafe‹ einerseits ein argentinisches, dem lateinamerikanischen Modernismus tief verpflichtetes Buch ist, das bezeichnenderweise nicht in der Neuen, sondern in der Alten Welt spielt, ist es andererseits ohne die Erfahrungen des zeitgenössischen Frankreich ganz undenkbar. Zwar teilt es innerhalb der Literatur, zu der es durch seine Sprache gehört, die radikale Absage an überkommenes Schreiben, aber die Elemente dieser Absage stammen vor allem aus französischen Quellen, seien es solche der Literatur oder solche des Lebensgefühls.

Der Haß auf ›die bürgerlichen Tugenden, die die Besitzenden adeln, aber die Poeten in Verruf bringen‹, der Haß auf die Fortschrittsgläubigkeit und auf die bürgerliche Moral haben die junge französische Vorkriegsgeneration ebenso bestimmt wie ihr Glaube an die durch sich selbst gerechtfertigte Jugend, das Leben überhaupt, und ebenso wie die

Vorstellung, daß das, was sie erstrebte, ein Werk der Befreiung sei. An die Stelle der naturwissenschaftlichen, mechanistischen Welterklärung war eine vitalistische und biologistische getreten, die die deutlichsten Spuren in Lascano Teguis Buch hinterlassen hat. Der Fortschrittsoptimismus war einem tiefen Pessimismus und einem tiefen Lebensekel gewichen, einem Ekel wenigstens vor dem fehlgeleiteten, sich selbst entfremdeten Leben.

Das Leben, von dem der Tagebuchschreiber berichtet, ist ein Leben jenseits verabredeter Normen, so wie auch die einzelnen Eintragungen sich der Normierung durch den Zeitablauf entziehen. Zwischen der ersten und der letzten Eintragung scheinen vier Jahre zu liegen (von Geburtstag zu Geburtstag), aber Anfang und Ende, die Andeutung des Mordes und der begangene Mord, lassen diese vier Jahre erscheinen wie einen einzigen Lebensmoment, als Abbild der ›durée réelle‹. Die Taten und die Tage, denen sie zugeordnet sind, haben nichts miteinander zu tun, sie sind nicht durch Chronologie geordnet, sondern durch das sich an sich selbst erinnernde Leben.

Solche Erinnerung wäre nicht möglich ohne vorhergegangene genaue Beobachtung, die das Beobachtete bis auf seinen Kern entblößt, gleichgültig ob es die anderen betrifft oder die eigene Seele. Diese vivisektorische Beobachtung ist es, die, weil durch kein Harmoniebedürfnis gemildert, dem Tagebuch den Eindruck absoluter Schamlosigkeit aufprägt. Es kennt in der Tat keine Scham mehr, als habe es nie einen Sündenfall gegeben. Die Menschen sind wieder nackt und auf ihre Weise unschuldig. Sie haben sich vom Paradies befreit, wie sie sich von Gott befreit haben, der lange schon tot ist.

Eine Ahnung von dem, was der Mensch sein könnte, ›den uns noch niemand gezeigt hat‹, vermitteln nur noch die Kindheit und der Schlaf, das unbewußte Leben also, in dem Wahrheit und Anmut sind. Es hat nichts mit dem Bestehenden zu tun, vor dem allein Liebe retten könnte – die Liebe, die der Tagebuchschreiber nie und nirgends findet, weil sie aus der Welt getilgt ist, vielleicht noch in der Phantasie, nicht aber in der Wirklichkeit möglich. Aber auch: wie wirklich ist die Wirklichkeit, wie wirklich sind Traum und Schlaf? Ist der Schlaf ein anderer Tod, stehen hinter den Sexualphantasien Todesphantasien?

Wieviel verbirgt die Sprache, die auf den ersten Blick krude und sorglos erscheint, auf den zweiten aber einen unleugbaren Kunstwillen offenbart. Was zunächst aussieht wie ein besinnungslos hingeschriebenes Tagebuch, dessen mäandernde Sätze direkt in die Feder geflossen zu sein scheinen, dessen Unlogik unbeabsichtigt scheint, dessen Gedankensprünge planlos wirken, gibt sich dann nicht als Naturform, sondern als Kunstform zu erkennen, deren Erfinder ein ganz anderer als der Schreiber ist. Die anscheinende Gleichgültigkeit jedem Stil gegenüber ist eine nur scheinbare. Von der größten Bewußtheit ist dagegen Lascano Teguis Metaphorik. Seine Metaphern verselbständigen sich in einem Maße, daß sie nicht länger etwas mit etwas vergleichen, sondern selbständig an die Stelle des Vergleiches treten. Es ist nicht mehr die Logik, die die Bilder bestimmt, sondern die Bilder bestimmen die Logik – unter den Bedingungen der fortschreitenden Syphilis. Der da schreibt, hat nie etwas gewonnen, aber er hat auch nichts mehr zu verlieren, nichts schreckt ihn mehr, keine Sache und kein Wort, auch nicht die vermeintlich obszönen Wörter, die sich unter seinen Händen in reine Poesie verwandeln.

Das alles ist weder vom Himmel noch Lascano Tegui in den Schoß gefallen. Es kommt her vor allem von Baudelaire und seinem halben Landsmann Lautréamont, wie die Neigung zu unglaubhaften beglaubigten Geschichten herkommt von Barbey d'Aurevilly, und es hat – vor allem die Metaphorik – nachgewirkt auf seinen Freund Ricardo Güiraldes, dessen Gaucho-Roman ›Don Segundo Sombra‹ in seinen nichtfolkloristischen Partien wirkt wie ein Abziehbild des Tagebuches. Die größte Verwandtschaft freilich besitzt dieses mit den Werken seines größten spanischen Zeitgenossen: Valle-Inclán.

Noch etwas tiefer zeigt es sich einem französischen Roman verwandt, der 1914 erschienen ist, André Gides ›Caves du Vatican‹ und seinem Modell des ›acte gratuit‹. Ob Lascano Tegui durch diesen Roman angeregt worden ist oder nicht, wird sich kaum bestimmen lassen; möglich wäre es gewesen, denn die ›Caves‹ wurden zuerst in drei Fortsetzungen in der ›Nouvelle Revue Française‹ (Januar bis März) und dann erst als Buch veröffentlicht. Es gibt nur einen geringen Unterschied zwischen der Ermordung Amédée Fleurissoires durch Lafcadio und der Ermordung der Frau auf der Schute durch den Tagebuchschreiber. Beider Tat ist sinnlos und grundlos, bei Gide trägt sie jedoch einen spielerischen, aleatorischen Charakter, während Lascano Tegui seinen Tagebuchschreiber aus einem unausweichlichen Zwang handeln läßt, der schon in der ersten Tagebucheintragung angedeutet wird.

Walter Boehlich

5
›*La Pua*‹ – offensichtlich der Name, den sich die Gruppe der in Paris lebenden argentinischen Schriftsteller um Ricardo Güiraldes gegeben hatte. Einige von ihnen haben nach dem Krieg gemeinsame literarische Projekte in Argentinien verwirklicht. ›pua‹ heißt so viel wie ›Stachel‹, ›Dorn‹, auch ›Quälgeist‹, ›lästiger Mensch‹. Im argentinischen Spanisch ›Sporn‹ (des Hahns).

9
Rivarol – der in den ›Extraits du Journal Politique et National‹ geschilderte Abend des 5./6. Oktober 1789.

17
Mesue – Mesue der Jüngere, angeblich 1015 in Kairo gestorben. Vermutlich das Pseudonym eines Kompilators, unter dessen Namen z. B. die Schrift ›De medicinis laxativis‹ verbreitet wurde.

21
Montaigne – eine freie Version des Absatzes über Vitry, zu Beginn von M.s ›Journal de voyage‹.
Roland – Marie Jeanne Roland (1754–1793) wurde guillotiniert. Ihr Mann, Jean Marie R. de la Platière, erdolchte sich, als er von der Hinrichtung seiner Frau erfuhr, auf der Straße von Rouen nach Paris.

22
ungenäht – Anspielung auf Joh. 19,23.

24

Eugène Sue – frz. Romanautor (1803–1857). Seine ›Mystères de Paris‹ erschienen als erster frz. Fortsetzungsroman im Feuilleton einer Tageszeitung (1842/43 im ›Journal des Débats‹).

30

Paulus – frei nach Römer 6,23.
übertünchte Gräber – Matth. 23,27.

39

Sulamitin – Abisag kam aus Sunen. 1. Kön. 1,3.

43

Stanley – ›Durch den dunklen Erdteil‹, 1878.
Apachen – ein von Journalisten 1902 erfundener Name für die Banditen der Charonne; dann überhaupt für Herumtreiber und Missetäter aggressiven Charakters.

46

Childe Harold – Anspielung auf die 14. Stanze des 1. Gesanges in Lord Byron's ›Childe Harold's Pilgrimage‹ (1812).

47

Antinous – ein schöner Jüngling aus Bithynien, Liebling des Kaisers Hadrian.

52

Simon von Kyrene – mußte das Kreuz Christi tragen; Matth. 27,32.

53
chaldäische Schrift – die Keilschrift.

64
St. Julian – bezieht sich auf Flauberts Erzählung von ›Sankt Julian dem Gastfreien‹. Es ist nicht seine Stimme, von der es heißt: ›Et cette voix haute avait l'intonation d'une cloche d'église.‹

68
die Montijo – Eugénie Marie de Guzman (1826–1920), 1853 mit Napoleon III. verheiratet.

78
Hebe – Hebe war nicht sterblich. Die antiken Autoren wissen nichts davon, daß Zeus ihre Füße verhüllt hätte. Sie wurde allerdings als Mundschenkin durch Ganymed ersetzt, als sie bei einem Sturz ihre Beine zu sehr entblößte.

81
Greemvaneco – ein offenbar durch die belgischen Setzer entstellter Name, hinter dem sich vielleicht Jan van Eyck verbirgt.

85
Zuave – ursprünglich eingeborene Soldaten aus dem Distrikt Zuaua, dann frz. Freiwilligenregimenter; eine Elitetruppe.

89
Moltke – Moltkes ›Türkische Briefe‹ (›Briefe über Zustände und Begebenheiten in der Türkei‹, 1841) sind

meist an den Vater und die Mutter, nie an die Schwester gerichtet. Die frz. Übersetzung hatte den Titel ›Lettres sur l'Orient‹, 1872.

91

verlor sein Haar – Anspielung auf die Geschichte von Simson und Delila, Richter 16,4 ff.

98

Lauzun – Antoine Rompar de Caumont, Herzog von Lauzun (1632–1723), ein Günstling Ludwigs XIV. Die Herzogin von Montpensier war eine Base, aber keine Schwester L.s.

100

Peau de chagrin – Roman von Balzac, 1830. Das Chagrinleder schwindet mit jedem erfüllten Wunsch, und mit ihm das Leben seines Besitzers.

102

Schwester Anne – In Perraults Geschichte vom Blaubart hält Schwester Anne verzweifelt Ausschau nach ihrem Bruder, der Blaubart töten wird.

106

auf italienisch – Anspielung auf Don Giovannis Leporello.

Tauben der Aphrodite – Die Taube war der A. als Sinnbild der Liebe heilig.

108

Dante – der 3. Höllenkreis wird im 6. Gesang des ›Inferno‹ geschildert.

115

Sombreuil – Marie de Sombreuil (1774–1823) ließ sich 1792 mit ihrem Vater einsperren und versuchte ihn mit ihrem Leib gegen die Angriffe seiner Mörder zu schützen. Das Glas Blut ist lediglich legendär.

116

rote Absätze – ursprünglich auf den eleganten Adel des 17. Jahrhunderts gemünzt, dann gleichbedeutend mit Eleganz.

119

Kalomel – versüßtes Quecksilber (Quecksilberchlorür), unter anderm zur Behandlung von Syphilis verwendet.

120

Fioretti – ein Legendenkranz um das Leben des Hl. Franz von Assisi, in dessen Mittelpunkt die Liebe zu allen Geschöpfen steht.

124

Berline – ein viersitziger Reisewagen mit zurückschlagbarem Verdeck.

133

Edelmann – ungenaue Anspielung auf ›Hamlet‹ V,2 (›why do we wrap the gentleman in our more rawer breath?‹).

Der Titel der 1924 in Paris erschienenen Original-Ausgabe lautet: *De la elegancia mientras se duerme.*

Einbandentwurf: Horst Hussel

2. Auflage

Gesetzt in der Korpus Walbaum-Antiqua
von Harald Weller, Berlin
Gedruckt bei der Druckerei Gerike, Berlin
Die Buchbindearbeiten besorgte
Lüderitz & Bauer, Berlin
Printed in Germany ISBN 3 921592 92 5